Panini BOOKS

AUSSERDEM VON PANINI ERHÄLTLICH:

***Star Wars:* The Clone Wars – Geschichten von Licht und Dunkelheit**
Verschiedene Autoren – ISBN 978-3-8332-4014-0

***Star Wars:* Dunkle Legenden**
George Mann – ISBN 978-3-8332-4015-7

Solo – A Star Wars Story
Joe Schreiber – ISBN 978-3-8332-3700-3

Rogue One – A Star Wars Story
Matt Forbeck – ISBN 978-3-8332-3449-1

***Star Wars:* Der Funke des Widerstands**
Justina Ireland – ISBN 978-3-8332-3825-3

***Star Wars:* Die dunkle Bedrohung**
Patricia C. Wrede – ISBN 978-3-8332-2450-8

***Star Wars:* Angriff der Klonkrieger**
Patricia C. Wrede – ISBN 978-3-8332-2694-6

***Star Wars:* Die Rache der Sith**
Patricia C. Wrede – ISBN 978-3-8332-2865-0

***Star Wars:* Eine neue Hoffnung – Drei gegen das Imperium**
Alexandra Bracken – ISBN 978-3-8332-3023-3

***Star Wars:* Das Imperium schlägt zurück – Du willst also ein Jedi werden?**
Adam Gidwitz – ISBN 978-3-8332-3024-0

***Star Wars:* Die Rückkehr der Jedi-Ritter – Hüte dich vor der Dunklen Seite der Macht**
Tom Angleberger – ISBN 978-3-8332-3025-7

***Star Wars:* Vor dem Erwachen**
Greg Rucka – ISBN 978-3-8332-3258-9

***Star Wars:* Das Erwachen der Macht**
Michael Kogge – ISBN 978-3-8332-3026-4

***Star Wars:* Das Erwachen der Macht – Reys und Finns Story**
Elizabeth Schaefer, Jessy J. Holland – ISBN 978-3-8332-3522-1

***Star Wars:* Die letzten Jedi**
Michael Kogge – ISBN 978-3-8332-3629-7

Nähere Infos und weitere Bände unter:
www.paninibooks.de

STAR WARS™

DUNKLE LEGENDEN

Von George Mann

Mit Illustrationen von Grant Griffin

Ins Deutsche übertragen von
Andreas Kasprzak & Tobias Toneguzzo

PANINI BOOKS

Bibliografische Information der Deutschen Nationalbibliothek
Die Deutsche Nationalbibliothek verzeichnet diese Publikation in der Deutschen Nationalbibliografie; detaillierte bibliografische Daten sind im Internet über http://dnb.d-nb.de abrufbar.

FSC
www.fsc.org
MIX
Papier aus verantwortungsvollen Quellen
FSC® C014496

Titel der Amerikanischen Originalausgabe:
„*Star Wars*: Dark Legends"
published by Disney, Lucasfilm Press,
an imprint of Buena Vista Books, Inc., August 2020.

Geschäftsführer: Hermann Paul
Head of Editorial: Jo Löffler
Head of Marketing: Holger Wiest (E-Mail: marketing@panini.de)
Presse & PR: Steffen Volkmer

Übersetzung: Andreas Kasprzak
Lektorat: Marc Winter
Umschlaggestaltung: tab indivisuell, Stuttgart
Satz: Greiner & Reichel, Köln
Druck: GGP Media GmbH, Pößneck
Printed in Germany

YDSWSS002

1. Auflage, Januar 2021, ISBN 978-3-8332-4015-7

Auch als E-Book erhältlich: ISBN 978-3-7367-9888-5

Findet uns im Netz:
www.starwars.com
www.paninibooks.de

PaniniComicsDE

Für Stephen Paul Mann.
Du bist mein Vater.
G. M.

Ich widme dieses Buch meiner Schwester Nicole,
meiner Nichte Leah'Claire und meinem Neffen Conway.
Die Macht ist stark in ihnen.
G. G.

INHALT

Einleitung 11
Das Waisenhaus 15
Ein echtes Schnäppchen 33
Der Vorgänger 49
Blutmond 69
Der dunkle Spiegel 87
Der goldene Käfig 105
Ein Leben ohne Tod 123
Der Schlaf der Ewigkeit 137
Bakurat 151
Bittere Ernte 167

Es war einmal vor langer Zeit in einer weit,
weit entfernten Galaxis …

EINLEITUNG

Willkommen, mutiger Leser, zu diesem wahren Schatz an Geschichten rund um alles, was düster und grausam ist! Durch diese magst du großes Wissen erlangen. Doch bevor du umblätterst, nimm dir die Zeit, um kurz innezuhalten und deine Entscheidung noch einmal zu überdenken – denn gerade hältst du das gefährlichste Buch in Händen, das die Galaxis je gesehen hat!

In diesem Werk sind Geschichten versammelt, die dich bis ins Mark erschüttern werden – Furcht einflößende Erzählungen von Gefahr und Täuschung, von finsteren Lords und bösen Geistern, von Verrat und Verderbnis. Einmal gelesen, werden sie von diesen Seiten in den Äther entfliehen, um sich niemals wieder bändigen zu lassen – denn die Worte, aus denen sie sich zusammenfügen, sind wie die Kräfte der Sith: aberwitzige Visionen, die sich in den Furchen und Nischen deines Verstandes festsetzen, um dir auf ewig im Gedächtnis zu bleiben. Tatsächlich ist dieses Buch randvoll mit Geheimnissen, die besser niemals gelüftet werden sollten.

Und noch eines ist auf schreckliche Weise gewiss: Die Galaxis ist voll von Schrecken und Entsetzen. Das Grauen dräut in den Schatten, lauert auf der Schwelle, späht durch den Spalt jeder nicht gänzlich verschlossenen Tür. Die dunkle Seite ist allgegenwärtig und wartet nur darauf, die Arglosen in Versuchung zu führen, die Gutherzigen in Monster zu verwandeln und den strahlenden Funken der Fantasie zu etwas wahrhaft Furchterregendem zu deformieren.

Ja, die Wege der dunklen Seite sind fürwahr trügerisch. Doch unbekannt sind sie nicht – jedenfalls nicht, wenn man weiß, wo man danach suchen muss. Oder sollte es besser heißen: wenn man weiß, wo man lieber *nicht* danach suchen sollte?

Aber wenn es schon sein muss, atme tief durch, zwing deine zittrige Hand zur Ruhe und wappne dich für das, was dich erwartet. Und wage es ja nicht, hinterher zu behaupten, man hätte dich nicht gewarnt!

Also, ein letztes Mal: Bist du *wirklich* sicher, dass du weiterlesen willst?

DAS WAISENHAUS

Auf dem Planeten Gaaten, gebettet inmitten der dämmrigen Türme einer einstmals prächtigen Stadt, finden sich die Ruinen eines Waisenhauses, in das man vor langer, langer Zeit Kinder schickte, die in den Nachwehen der Klonkriege ihre Eltern verloren hatten. Dort nahm man sich ihrer an, während sie darauf warteten, in Pflegefamilien anderswo im Sektor ein neues Zuhause zu finden.

Doch in diesem Waisenhaus lag etwas im Argen. Unter den Kindern machten Geschichten über einen finsteren Schrecken die Runde, der des Nachts durch die Flure schlich: ein großer, dürrer Mann mit spitzen Zähnen und glühenden Augen, der dem Waisenhaus bisweilen einen Besuch abstattete, um Kinder zu stehlen, sie aus ihren Betten zu schleifen und aus dem Fenster zu zerren, ihre Schreie unterdrückt und ungehört. Kein Kind, das sich diese grässliche Kreatur holte, ward jemals wieder gesehen.

Die Kinder tauschten diese Gerüchte im Flüsterton, furchtsam geraunt unter Bettdecken oder hinter vorgehaltener Hand, wenn die Lichter längst aus waren. Natürlich taten die Bediensteten des Waisenhauses diese Geschichten als bloßes Geschwätz ab. Denn obgleich es stimmte, dass im Laufe der Jahre tatsächlich einige Kinder aus dem Heim verschwunden waren – vermutlich allesamt Ausreißer, unzufrieden mit ihrem

Schicksal und geplagt vom schmerzlichen Verlust ihrer Eltern –, hielten die Oberen das Ganze für eine Ausgeburt der überbordenden Fantasie ihrer jungen, gepeinigten Schutzbefohlenen, für einen Ausdruck ihrer Furcht und ihrer Seelenpein. Gleichwohl änderte dies nichts daran, dass die Geschichten weiter Gehör fanden, ohne dass die Waisenhausmitarbeiter auch nur das Geringste dagegen tun konnten.

So trug es sich zu, dass alle Kinder, die in das Waisenhaus kamen, von diesem Monstrum erfuhren und fortan in der Angst lebten, selbst sein nächstes bedauernswertes Opfer zu werden. Alle Kinder – bis auf eins.

Elish galt seit jeher als bemerkenswertes Mädchen, schon seit ihrer Schulzeit auf Malloran, wo sie ihre Lehrer mit starkem Selbstvertrauen und einem natürlichen Hang zur Wissenschaft in Erstaunen versetzt hatte. Sie war von sanftem Gemüt, stets darauf bedacht, andere vor sich selbst zu stellen, was ihr bei Gleichaltrigen und Jüngeren gleichermaßen einige Beliebtheit eingebracht hatte. Genau wie ihre Mutter, die als Palastwache auf Malloran gedient hatte, empfand auch Elish eine tiefe Verbundenheit zu dem Universum, das sie umgab, und zu allen lebenden Dingen, die sich darin tummelten. Diese Verbundenheit schenkte ihr ein wundervolles Gefühl inneren Friedens, und obwohl sie – wie die anderen Kinder – in ihrem Leben schreckliche Gräuel gesehen hatte, weigerte sie sich, an dieses finstere Phantom zu glauben, vor dem sich die anderen im Waisenhaus so fürchteten. Soweit es Elish betraf, verkörperten nicht Monster das Böse, sondern allzu reale Personen. Sie wusste, dass all das Grauen, das die Galaxis in jüngster Zeit heimgesucht hatte, auf Geheiß intelligenter, empfindungsfähiger Individuen verübt worden war, nicht von irgendwelchen Kreaturen der Nacht.

So begab es sich, dass Elish, nachdem sie von einem der großen Transportschiffe des Imperiums zum Waisenhaus gebracht worden war, für die anderen Kinder rasch zu etwas wie ihrem Fels in der Brandung wurde. Sie half ihnen, ihre Ängste beiseitezuschieben und in den Schlafsälen und Klassenzimmern des maroden alten Gebäudes ungeachtet all dessen, was sie verloren hatten, Ruhe und Frieden zu suchen.

So ging es viele Monate und zur großen Freude des Waisenhauspersonals begann das Gerede über das Phantom schließlich zu verebben. Ja, die Kinder wirkten insgesamt viel fröhlicher, und als in dieser Saison die Versorgungsschiffe kamen, fanden einige der Waisen ein neues Zuhause bei Adoptiveltern, die es kaum erwarten konnten, sie mit Liebe und Zuneigung zu überhäufen.

Es war nicht ungewöhnlich, dass Elish nachts von Schreien geweckt wurde, denn stets wurden einige Kinder im Schlafsaal von Albträumen aus ihrem Schlummer gerissen, sodass sie sich ruckartig in ihren Betten aufsetzten, die Gesichter glänzend von kaltem Schweiß. Und da sich die Betreuer der Nachtschicht kein einziges Mal blicken ließen, um die armen Kinder zu trösten, schlüpfte Elish aus dem Bett und ergriff ihre Hände. Meist genügten beruhigende Worte und bloße Anteilnahme, um alle nächtlichen Schrecken zu vertreiben und dafür zu sorgen, dass sie sich schließlich wieder ohne Furcht zur Ruhe legten.

Doch eines Nachts, nicht lange nach ihrer Ankunft, gab es großen Tumult, und überall rings um Elish war das reinste Tohuwabohu. Als sie aus dem Bett sprang, herrschte im Schlafsaal großes Durcheinander, und die Kinder raunten einander zu, dass das Monster ihnen in den frühen Morgenstunden einen Besuch abgestattet hatte, um einen kleinen Jungen namens Samil zu verschleppen.

Tatsächlich fand sich nirgends eine Spur von Samil, und so angestrengt sie auch nach ihm suchten, gelang es weder dem Personal noch den Kindern, ihn irgendwo zu entdecken. Auch gab es nicht den leisteten Hinweis darauf, dass sich ein Fremder Zutritt zum Waisenhaus verschafft hatte – keinen, vielleicht mit Ausnahme dieses einen Fensters, das in der Brise gleichmütig gegen den Rahmen schlug, weil der Riegel nicht vorgelegt war.

Nachdem die Betreuer das Fenster geschlossen hatten, begannen sie, die Kinder wieder ins Bett zu bringen. Zumindest in diesem Moment fanden sie mitfühlende Worte für ihre Schützlinge und taten ihr Bestes, um deren bitterliches Weinen zu beenden. Morgen früh werde Samil schon wieder auftauchen, sagten sie – jedenfalls, sofern er nicht beschlossen hatte, mitten in der Nacht fortzulaufen, um sich fortan allein in der Welt zu behaupten.

Elish indes stellte fest, dass Samils wenige Habseligkeiten noch da waren, unter seinem Bett verstreut – und sie wusste genau, dass er seine Spielzeughelden niemals einfach zurückgelassen hätte. Er liebte diese kleinen handgeschnitzten Figuren viel zu sehr, um sich freiwillig von ihnen zu trennen.

Und so lag Elish weiter wach, während die anderen Kinder nach und nach wieder in den Armen des Schlafs versanken, und schickte ihre Sinne auf Wanderschaft, denn Samils Verbindung zum Universum war ihrer eigenen nicht unähnlich. Nicht zuletzt das unterschied die beiden von all den anderen Kindern – von allen, mit Ausnahme eines jungen Kessurianermädchens namens Gee'far, das Elishs ungewöhnliche Sicht der Dinge ebenfalls zu teilen schien.

Doch so oder so, ungeachtet aller Bemühungen konnte Elish weder im Waisenhaus selbst noch auf dem Gelände des Heims die geringste Spur von Samil ausmachen. Voller Unbehagen lag sie den Rest der Nacht über wach, überzeugt davon, dass man den Jungen auch am nächsten Tag nicht finden würde.

Am Morgen brach eine kleine Gruppe von Betreuern auf ins Dorf, in der Hoffnung, Samil in der Siedlung anzutreffen, die sich ganz in der Nähe befand. Noch immer waren sie zuversichtlich, dass sie ihn früher oder später in irgendeiner Scheune finden würden, unterkühlt, verlegen und erpicht darauf, für ein warmes Bad und ein bequemes Bett wieder mit ins Waisenhaus zu kommen.

Aber so, wie Elish es nicht anders erwartet hatte, kehrte die Gruppe einige Stunden später erschöpft und hungrig zurück und verkündete niedergeschlagen, dass es auch im Ort und auf den umliegenden Straßen und Wegen nicht die geringste Spur des Jungen gab. Niemand hatte ihn gesehen. Er war einfach verschwunden und sie konnten nicht das Mindeste daran ändern.

Am nächsten Tag kamen die Gerüchte über den dunklen Schrecken wieder auf. Im Flüsterton tuschelten die Kinder von dem Kratzen, das sie in jener Nacht am Fenster gehört hatten, vom zischenden Atem der Kreatur, als sie zwischen ihren Betten entlanghuschte, und von der Eiseskälte, die jeden Schritt des Monsters begleitete. Obwohl das Personal sein Möglichstes tat, um die Kinder zu beruhigen, raunten sie einander furchtsam neue Gruselgeschichten zu, voller Panik, was geschehen würde, wenn der dunkle Schrecken wiederkäme, um sich die nächsten Waisen zu holen.

In den folgenden paar Wochen freundete Elish sich mit Gee'far an. Die Kessurianerin war zwar fast zwei Jahre jünger als sie, doch genau wie Elish legte sie eine Selbstsicherheit und Zuversicht an den Tag, die ihr Alter Lügen strafte. Sie unternahmen gemeinsam lange Spaziergänge auf dem Gelände, erkundeten die Ruinen ringsum, lasen dieselben Bücher, um sich anschließend darüber auszutauschen, erzählten einander Geschichten aus den Klonkriegen und von all den schrecklichen Dingen, die sie gesehen hatten, und sie lernten zusammen unter der Aufsicht der gestrengen alten Dame, die die Schule des Waisenhauses leitete. Sie tauschten mit anderen ihre Betten, um einander näher zu sein, und jede Nacht, wenn Gee'far einschlief, blieb Elish so lange wach, wie sie konnte, um über ihre Freundin zu wachen und das Fenster des Schlafsaals im Auge zu behalten, für den Fall, dass sich das Monster zeigte. Denn nach Samils überraschendem Verschwinden hatte Elish trotz allem angefangen, sich zu fragen, ob womöglich doch etwas an den schauerlichen Berichten über das Phantom mit den gelben Augen dran war.

Einige Zeit verging und schließlich kehrte im Waisenhaus wieder halbwegs so etwas wie Normalität ein. Nicht mehr lange, und die Transportschiffe würden eintreffen, mit den Vorräten für die nächste Saison und einem Schwung neuer Waisen, während eine Handvoll aus ihrer Mitte fortging, um weit entfernt, auf anderen Welten, ein neues Zuhause zu finden. Alle möglichen Vorbereitungen mussten getroffen werden und im Waisenhaus herrschte rege Geschäftigkeit.

Doch obwohl Elish noch hin und wieder an den bedauernswerten Samil dachte, hatte sie nach all der Zeit erneut begonnen, Zweifel an den Geschichten über das Phantom zu hegen. Vielleicht war Samil ja wirklich weggelaufen – schließlich wusste jeder, dass er im Waisenhaus nicht sonderlich glücklich gewesen war – und hatte sich einfach gut vor den Suchtrupps versteckt. Vielleicht war er ja immer noch irgendwo da draußen. Vielleicht hatte er sich in den Ruinen der alten Stadt verkrochen, um dort sein Leben zu leben, wie es ihm gefiel. Das änderte allerdings nichts an dem Zweifel, der nach wie vor an Elish nagte. Denn wenn er wirklich da draußen war, hätte sie dann nicht seine Präsenz gespürt, so wie bei Gee'far, wenn sie tagsüber nicht zusammen waren?

Viele Wochen über hatte sie bei dem jüngeren Mädchen Nachtwache gehalten. Doch nach einer gewissen Zeit forderte das ständige Wachsein ganz zwangsläufig seinen Tribut. Mittlerweile war Elish zermürbt und müde. So kam es, dass sie fühlte, wie ihr die Augen zufielen, nachdem Gee'far sich an diesem Tag schlafen gelegt hatte. Sie konnte einfach nicht mehr länger wach bleiben, um auf ihre Freundin aufzupassen …

Gleichwohl dauerte es nicht lange, bis Elish plötzlich aus ihrem unfreiwilligen Schlummer aufschreckte. Im Saal war alles still, abgesehen vom leisen Gemurmel und Geschnarche der schlafenden Kinder um sie herum. Ein fast unmerklicher Windhauch streifte ihre Wange, und sie streckte sich und rollte sich auf die Seite, um zum Fenster hinüberzuschauen. Der Vorhang bauschte sich sanft in der Brise, schimmernd im Mondlicht. Sie erstarrte. Das Fenster stand offen!

Elish setzte sich auf und atmete tief ein. Sie drehte sich zu Gee'far um – und musste zu ihrem Entsetzen erkennen, dass es schon zu spät war.

Die vornübergebeugte Gestalt des Phantoms ragte über ihrer schlafenden Freundin auf. Der Kerl war ganz in Schwarz gekleidet und auf einer Platte auf seinem Rücken war eine merkwürdige Metallscheibe befestigt. Seine Augen glommen hellgelb, und es schien, als würden blutige Tränen seine hageren, blassen Wangen hinablaufen. Sein Kopf war kahl und grau, mit sonderbaren roten Malen, die auf seinem Schädel Muster bildeten. Sein Leib war groß und dürr. Seine knorrigen Arme endeten in langen, schmalen Fingern. Und als er sich tiefer hinabbeugte, um Gee'far zu packen und in die Höhe zu heben, während er ihre Gegenwehr erstickte, indem er ihr die Hand fest auf den Mund presste, sah er Elish geradewegs an und grinste böse, um seine tödlichen spitzen Zähne aufblitzen zu lassen.

Und dann war er fort, mit so flinken Bewegungen, dass Elish kaum ihren Augen traute. Es war, als würde er mit den Schatten verschmelzen, um mit mühelosen Sätzen über die Betten der Kinder hinwegzuspringen, bis er unmittelbar vor dem offenen Fenster stand, mit einem Fuß auf dem Sims. Elish – die wie angewurzelt dahockte, außerstande, sich zu rühren oder auch nur den leisesten Laut von sich zu geben – kämpfte verzweifelt gegen die seltsamen Kräfte an, die sie fesselten, stemmte sich mit ihrem Verstand dagegen, mit ihren Gefühlen. Einen flüchtigen Moment lang schien es, als würden ihre unsichtbaren Fesseln nachgeben, als könne sie sich befreien und irgendetwas unternehmen, um ihrer Freundin zu helfen …

In diesem Moment verharrte der dunkle Schrecken im geöffneten Fenster und schaute, grässlich erhellt vom Mondschein, zu ihr zurück, um für eine Sekunde anerkennend den Kopf zur Seite zu neigen, bevor er mit seiner Beute in die eiskalte Nacht hinaussprang.

Schlagartig spürte Elish, wie sie die Kontrolle über ihre Sinne zurückerlangte, und schrie. Die Lichter flammten auf und das

Personal kam angelaufen, aber natürlich gab es nichts, was sie hätten tun können. Beim Fenster oder in den Ruinen darunter fand sich keine Spur des Phantoms, und alles, was Elish blieb, war, auf Gee'fars leeres Bett zu starren und zu weinen.

Die Betreuer des Waisenhauses wussten, was für ein mitfühlendes, vernünftiges Kind Elish war, und so taten sie ihre Worte über den Mann mit den gelben Augen und dem bösen Grinsen nicht einfach als Unfug ab. Stattdessen verstärkten sie ihre nächtlichen Rundgänge durch den Schlafsaal und versahen das Fenster mit einem neuen Schloss. Doch das alles änderte nichts an der Tatsache, dass sie furchtbar wenig machen konnten. Alle Suchaktionen verliefen ergebnislos, genau wie bei Samils Verschwinden. Gee'far war fort, und Elish konnte ihre Präsenz nicht mehr länger auf Gaaten wahrnehmen.

Trotzdem ging das Leben im Waisenhaus weiter, auch wenn sich die Kinder meist in mürrisches Schweigen hüllten, und ohne Elishs tröstliche Worte und Gesten griff einmal mehr die Furcht um sich, dass das böse Phantom zurückkommen würde.

Elish indes wusste, dass ohne jeden Zweifel sie sein nächstes Opfer war, wenn er wirklich wiederkam, denn der dunkle Schrecken hatte die sonderbare Verbindung gespürt, die sie zur Galaxis hegte, hatte gespürt, wie sie sich gegen seine grässliche, erstickende Kontrolle zur Wehr setzte, und sie war überzeugt davon, dass es das war, wonach es ihn gelüstete. Schließlich hatten Samil und Gee'far ihr tiefes Verständnis für alles, was um sie herum geschah, mit Elish geteilt. Wenn nicht das der Grund dafür war, dass das Phantom sie geholt hatte, welcher dann?

Ihr war klar, dass sie irgendetwas unternehmen musste. Von diesem Tage an schlich sie sich jeden Morgen, bevor die anderen Kinder aufstanden, aus dem Schlafsaal, durch die leeren Flure des Waisenhauses, in denen ihre Schritte von den Wänden widerhallten, und hinaus in die Ruinen eines Tempels, ganz in der Nähe der Stelle, wo sie und Gee'far früher gespielt hatten. Dort erklomm sie dann die schartigen Überbleibsel des Tempelturms und suchte sich einen Platz nahe der Spitze. Sie streckte ihre Sinne in das weite Netz der Energie aus, das überall um sie herum vibrierte, und bat um Hilfe von jedem, der ihr Flehen vielleicht hörte.

So ging es viele Tage lang, und im selben Maße, wie Elish immer verzweifelter und niedergeschlagener wurde, wuchs auch ihre Angst vor der Rückkehr des gelbäugigen Phantoms. Doch schließlich wurde ihr Hilferuf erhört!

An jenem Tag kam jemand von den Sternen herab und landete in einem farbenfrohen Schiff in den Ruinen – eine dunkelhäutige Frau mit Namen Kira Vantala, die den Griff einer fremdartigen Waffe am Gürtel trug und mit einer natürlichen Autorität sprach, die sogar dem Waisenhauspersonal Respekt einflößte. Ohne etwas auf die Bedenken der Betreuer zu geben, suchte sie Elish inmitten der anderen Kinder auf und bat sie, ihr zu berichten, was in der Nacht geschehen war, in der Gee'far verschleppt wurde.

Elish erzählte ihr alles, was sie wusste, sorgsam darauf bedacht, nicht das kleinste Detail zu vergessen, und als die Frau ihren Worten lauschte, legte sie vor Sorge die Stirn in Falten, denn wie sie sagte, wusste sie genau, worauf die böse Kreatur es abgesehen hatte und woher sie kam. Und sie war entschlossen, dem Treiben des Phantoms unverzüglich ein Ende zu bereiten.

Als Elish der Frau von ihren eigenen Ängsten berichtete,

selbst geholt zu werden – da sie instinktiv spürte, dass sie Kira Vantala vertrauen konnte –, entgegnete die Frau, dass sie selbst eine Überlebende war, genau wie Elish, und dass zwar allgemein die Ansicht herrschte, der Krieg sei vorüber, es jedoch wichtiger denn je wäre, für das zu kämpfen, woran sie glaubten, und die Unschuldigen vor allem Schaden zu bewahren, ganz gleich, wie beängstigend das auch sein mochte.

So kam es, dass Kira Vantala die nächste Woche über auf der Lauer lag und die Kinder ruhiger schliefen als je zuvor, sicher in der Obhut ihrer neuen Beschützerin. Das heißt, alle, abgesehen von Elish, die genau wusste, dass sie das nächste Opfer des dunklen Schreckens sein würde und in sich die Kraft finden musste, tapfer zu sein und Kira dabei zu helfen, diesen grässlichen Feind zu bezwingen. Denn alles, woran sie denken konnte, war, das Phantom daran zu hindern, noch mehr Kinder zu verschleppen und so in gewisser Weise für das Wiedergutmachung zu leisten, was in jener Nacht passiert war, in der Gee'far verschwand und es ihr unmöglich gewesen war, der einzigen echten Freundin zu helfen, die sie je hatte.

Dann, eines Nachts, nicht allzu viel später, als sie sich gerade bettfertig machte, flüsterte Kira Elish ins Ohr, dass das Phantom in der Nähe sei. Sie hatte seine Gegenwart auf Gaaten gespürt und wusste, dass es in dieser Nacht ins Waisenhaus kommen würde, um ein weiteres Kind zu stehlen. Auch Elish konnte die Nähe der Kreatur fühlen wie einen Knoten in der Brust, und sie wusste, dass sie heute Nacht stark sein musste, ganz gleich, was geschah, denn nur so konnten sie das Monster stoppen.

Und tatsächlich: Als die Abenddämmerung schließlich in die Nacht überging und sich kalte Finsternis über den Planeten senkte, ließ ein Geräusch vom Fenster Elish aufschrecken. Mit angehaltenem Atem drehte sie sich langsam um, in der Erwartung, die grässliche Erscheinung durch die Scheibe spähen zu sehen – doch zu ihrem Entsetzen musste sie erkennen, dass der Kerl bereits über ihrem Bett aufragte, genau wie zuvor über dem von Gee'far.

Mit jenem grausamen, verschlagenen Grinsen beugte der finstere Mann sich zu ihr herunter, packte sie, hob sie aus dem Bett und schmiegte sie wie ein kleines Kind an seine Brust. Obwohl seine Berührung kalt war, schien sie ihre Haut zu versengen, doch als sie aufschrie, stellte sie fest, dass ihr kein Laut über die Lippen kam. Welche Macht auch immer er über sie hatte, sie war so stark, dass sie sich weder rühren noch reden konnte. Sie versuchte, ihn mit ihrem Verstand wegzustoßen, wie sie es schon einmal getan hatte, aber sosehr sie sich auch widersetzte, er war stärker, und sein Griff schien immer noch fester zu werden, bis es sich anfühlte, als hätten sich seine kalten Finger einer eisigen Klammer gleich um ihr Herz geschlossen.

„Die Macht ist stark in dir, Kleine", flüsterte er, als er sie zum Fenster trug. Sein Atem drang warm an ihr Ohr. Er schaute sich nicht noch einmal um, als er über den Sims kletterte, und dann war es, als würde er auf den Luftströmen auf die schattigen Ruinen weiter unten zugleiten, ohne dass seine Füße auch nur den Boden berührten.

Doch Kira Vantala hatte alles mitangesehen, und als das dunkle Phantom die verängstigte Elish aus dem Waisenhaus fort und zum Gelände des alten Tempels trug, folgte sie ihm dichtauf, und schließlich rief sie der Kreatur zu, sofort stehen zu bleiben! Einen Moment lang fürchtete Elish, der Kerl würde die Flucht ergreifen, dass er sie mit großen, unnatürlich weiten Schritten in die Finsternis verschleppen würde, ohne dass man sie je wiedersah. Doch stattdessen blieb das Phantom amüsiert stehen und drehte sich mit einem boshaften schiefen Grinsen zu Kira um.

Als Kira näher kam, ließ das böse Wesen Elish zu Boden fallen und trat über sie hinweg, um sich der Frau zu stellen, die furchtlos, ohne Angst, auf ihn zukam. Tatsächlich, stellte Elish fest, war sie auf ihre ureigene, wundervolle Weise nicht weniger respekteinflößend als der dunkle Schrecken, stark und kühn und tapfer.

„Kira Vantala", sagte das Phantom. Seine Worte klangen gedehnt und irgendwie reptilienhaft. „Ich muss gestehen, ich bin überrascht. Dass ausgerechnet ein Schwächling wie du unter denen ist, die die Säuberung überlebt haben, hätte ich nicht gedacht."

„Dann war genau das dein Fehler", entgegnete Kira, „denn die dunkle Seite hat mich schon immer unterschätzt!"

Fast im selben Moment sprang das Phantom lachend vor und langte nach ihrer Kehle. Doch Kira kannte die Tricks und Listen des Schreckens von früher, und als er sich auf sie stürzte, hob sie den Griff ihrer Waffe und aktivierte eine Energieklinge, so gleißend hell, dass das Phantom kreischend und zischend wie eine in die Ecke getriebene Schlange zurückwich und die Arme in erschüttertem Entsetzen vor sein Gesicht riss. Ja, das Licht war so intensiv, dass es die Seele der Kreatur zu verbrennen schien, und das Phantom stolperte panisch nach hinten, zurückgetrieben von der Macht der Klinge.

Mit ernster Miene winkte Kira mit dem Arm, und das Monster wurde von unsichtbaren Kräften zur Seite geschleudert und segelte durch die Luft, um mit brutaler Wucht gegen eine baufällige Mauer zu krachen. Eine Wolke aus Staub und Mörtel stieg auf, als das Phantom zu Boden sackte.

Doch da blieb der Mann nicht lange, denn schon richtete er sich inmitten der Trümmer wieder auf, buckelig und krumm und böse grinsend. Er bewegte sich flink, huschte zwischen den Schatten dahin wie ein Geist, beinah unmöglich zu sehen. Kira wirbelte mit erhobener Lichtklinge herum und versuchte, ihn im Blick zu behalten. Doch sie war zu langsam. Elish rief ihr eine Warnung zu, als sie ihn vorschnellen sah, aber da war es bereits zu spät: Schon traf er Kira hart in den Rücken. Die Frau stürzte, der Griff ihrer Waffe rollte über den Boden, weg von ihr. Die brummende Klinge erlosch. Die bösartige Kreatur warf sich auf sie, ihre grässlichen Zähne blitzten, doch Kira war schnell. Sie rollte sich herum, sprang wieder auf die Füße und streckte die Hand aus, mit der Handfläche nach außen.

Elish sah, dass der Schwertgriff der Frau am Boden zuckte, als könne er es kaum erwarten, dem Ruf seiner Herrin zu gehorchen und zu ihr zurückzukehren. Doch der Griff war unter einem Holzbalken eingeklemmt, der heruntergekracht war, als Kira den dunklen Schrecken gegen die Mauer geschleudert hatte.

Das Phantom indes witterte seine Chance und griff sofort wieder an. Groß und finster ragte der Mann über seinem Opfer auf. Elish konnte die Verzweiflung in Kiras Miene sehen und dieselbe Furcht, die auch sie in der Gegenwart des bösen Wesens verspürte. Doch mit einem Mal wusste Elish, was sie tun musste. Ihr Herz hämmerte wie wild in der Brust, als sie sich aufrappelte und mit schnellen Schritten zum Griff von Kiras Schwert hinübereilte, um es unter dem Balken herauszuziehen. Doch sobald sie die Waffe befreit hatte, flog ihr das glatte Metall aus den Fingern, sauste durch die Luft und landete geradewegs in Kiras ausgestreckter Hand.

Was als Nächstes geschah, war für Elish schwer zu glauben. Kaum dass sich Kiras Finger um den Griff der Waffe schlossen, zerriss ein zischender Lichtblitz die Schwärze, und die Klinge schoss in einem weiten Bogen nach vorn. Das Phantom zischte vor Qual, umklammerte seine Brust und sank vor Kira auf die Knie. Mit einer weiteren Geste ihrer Hand schleuderte Kira den dunklen Schrecken nach hinten, sodass er durch die Überbleibsel der Tempelmauer krachte, die um ihn herum vollends zusammenbrach und ihn halb unter sich begrub.

Im nächsten Moment war Kira an Elishs Seite und half ihr auf. Ihr Bein schmerzte von dem Sturz, doch sie wusste, dass sie ihr Bestes gegeben hatte und so stark und tapfer gewesen war, wie Kira es ihr vorgemacht hatte. Gemeinsam hatten sie das Phantom besiegt. Nun würde der böse Mann nie wieder zurückkommen, um die Kinder des Waisenhauses heimzusuchen. Endlich waren sie in Sicherheit. Der Albtraum war vorüber. Elish seufzte erleichtert.

Gleichwohl, als die beiden zur Mauer hinübergingen, um die sterblichen Überreste des dunklen Schreckens näher in Augenschein zu nehmen, war das Einzige, was sie in den schwärenden Schatten fanden, ein verbeultes Bruchstück der sonderbaren ringförmigen Scheibe, die er auf dem Rücken getragen hatte. Und als sie sich umdrehten und sich langsam auf den Rückweg zum Waisenhaus machten, war Elish sicher, dass sie hörte, wie die eisige Brise das irre Gelächter des Phantoms in die Nacht davontrug.

EIN ECHTES SCHNÄPPCHEN

Einst lebte ein Botschafter namens Slokin, der antike Schätze sammelte. Seine Sammlung war so gewaltig, dass er eigens ein Lager hatte errichten lassen, um sie zu verwahren. Dabei hatte er überhaupt kein wirkliches Auge für Kunst und Geschichte, sodass sein Archiv von oben bis unten vollgestopft mit allem Möglichen war, und er längst nicht mehr zu sagen vermochte, was er alles besaß und was nicht. Er hatte schon oft darüber nachgedacht, einen Droiden anzuschaffen, um die Sammlung ordentlich zu katalogisieren. Genauso häufig hatte er diese Idee jedoch wieder verworfen, da die Credits, die so ein Droide kostete, zweifellos besser investiert waren, wenn er dafür neue kostbare Stücke erwarb, um seine Sammlung weiter zu vergrößern.

So kam es, dass Slokin bei einem Besuch auf dem Planeten Batuu im Äußeren Rand in Dok-Ondars Antiquitätenladen auf eine Maske stieß, von der er sofort wusste, dass er sie unbedingt haben musste. Sie war schwarz, edel und filigran mit feinstem Gold verziert und aus irgendeinem Grund erinnerte sie Slokin an einen Totenschädel. Solch eine Maske hatte er noch nie gesehen – sie war sicherlich in der ganzen Galaxis einzigartig –, und solche seltenen Raritäten schätzte er ganz besonders.

Als hoch angesehener Händler für solcherlei Ware willigte

Dok-Ondar – natürlich für einen angemessenen Preis – in den Handel ein. Doch selbst auf die Gefahr hin, das Geschäft damit womöglich doch noch zu ruinieren, konnte er nicht umhin, Slokin bezüglich der Maske zu warnen. Mit ernster Miene erklärte er, dass man mit diesem Artefakt nicht leichtfertig umgehen dürfe. Gerüchte besagten, dass ein Fluch auf der Maske liege, demzufolge Unvorsichtigen oder Unwürdigen, die sich die Kräfte der Maske zunutze zu machen versuchten, ernste Konsequenzen drohten.

Doch als Slokin das hörte, wurde er in seinem Entschluss, das Stück zu kaufen, nur noch weiter bestärkt. Er war nicht abergläubisch, aber wenn es eines gab, das ihm sogar noch mehr gefiel als seine Schätze, dann waren es Einfluss und Macht. Wenn dieses Artefakt andere in den Untergang gestürzt hatte … nun, dann mit Sicherheit allein aus dem Grund, dass sie nicht stark genug gewesen waren, um mit den Kräften umzugehen, die ihm innewohnten. Und so wechselte die Maske nach einem letzten Wort der Warnung den Besitzer.

Nach dem Erwerb der Maske war Botschafter Slokin gezwungen, für einige Tage seinen offiziellen Verpflichtungen nachzukommen. Doch alles, woran er denken konnte, war die Maske und welche Geheimnisse sie ihm womöglich offenbarte, wenn er endlich zu Hause war und Zeit und Muße fand, sich eingehender mit seinem neuesten Stück zu beschäftigen. Seine freudige Erwartung war fast größer, als er ertragen konnte.

Als Slokin schließlich in sein prächtiges Domizil zurückkehrte, trug er seinem Berater Potniss auf, alle Anrufer abzuwimmeln, damit er ungestört die Maske studieren konnte. Die Stunden vergingen, und während er so dasaß und die Maske in seinen Händen drehte und wendete, fragte Slokin sich allmählich, ob Dok-Ondars Warnung womöglich doch nichts weiter als törichtes, abergläubisches Geschwätz gewesen war, denn er konnte nicht das Geringste von der Macht spüren, die das Artefakt angeblich erfüllte. Erst als er sich die Maske schließlich – einem plötzlichen Impuls folgend – vor das Gesicht hielt, schien die Reliquie es kaum erwarten zu können, ihm ihre Geheimnisse zu offenbaren.

Als Slokin so auf den üppigen Plüschkissen seines Wohnquartiers saß und durch die Augenlöcher der Maske sah, glaubte er im ersten Moment, irgendwie, ohne es zu merken, an einen anderen Ort versetzt worden zu sein. Wenn er durch die Maske schaute, erblickte er nämlich das Innere eines riesigen, opulenten Palastes.

Verblüfft setzte Slokin die Maske wieder ab, nur um zu seiner großen Erleichterung festzustellen, dass er sich nach wie vor in der Sicherheit seiner eigenen Gemächer befand. Doch als er die Maske erneut aufsetzte, war er schlagartig wieder in diesem fremdartigen Palast und beobachtete, was am prächtigen Hofe vor sich ging. Ihm wurde klar, dass er genau das sah, was der ursprüngliche Besitzer der Maske seinerzeit gesehen hatte. Slokin wohnte Ereignissen bei, die sich vor langer Zeit zugetragen hatten, und das Leben des einstigen Maskenträgers entfaltete sich so lebhaft vor ihm, dass er das Gefühl hatte, leibhaftig dabei zu sein.

Neugierig schaute Slokin sich um. Der Audienzsaal, in dem er sich befand, war erstaunlich: Die Wände waren vergoldet und mit kunstvollen Blumenmustern verziert. Es gab schwere Samtvorhänge, und die gewaltigen Buntglasfenster zeigten Szenen einer Mythologie, die ihm vollkommen fremd war.

Höflinge in edelsten – wenn auch, an Slokins modernen Maßstäben gemessen, etwas altmodischen – Gewändern füllten den Hof und nippten an Glasflöten. Und dort, auf einem erhöhten Podest im Herzen des Trubels, saß ein Mann auf einem goldenen Thron, der nur ein König oder Kaiser sein konnte, so prachtvoll waren seine Kleider und so majestätisch die Krone, die auf seinem Haupt ruhte.

Fasziniert verfolgte Slokin, wie er – oder vielmehr der Mann mit der Maske – sich dem Thron näherte, davor stehen blieb und mit zu Schlitzen zusammengekniffenen Augen und verschlagenem Blick zu dem König aufschaute. „Seid gegrüßt!“, sagte er, und Slokin stellte fest, dass er selbst die Worte des Maskenträgers sprach. „Ich bin gekommen, um mit dem König ins Geschäft zu kommen!“

Der König schaute von seinem Thron belustigt auf ihn herab. „Und was hast du mir *anzubieten*?“

„Euer Hoheit erachtet mich als kühn und findet mich amüsant. Doch in Wahrheit halte ich den Schlüssel zu Eurem Untergang in meinen Händen, und Ihr tätet gut daran, meine Worte ernst zu nehmen.“

„Ist das eine Drohung?“, fragte der König mit donnernder Stimme. Er hob einen Arm, um seine Wachen herbeizuwinken.

„Keine Drohung, Euer Majestät“, entgegnete der Maskenträger, stieg auf das Podest hinauf und beugte sich so dicht zu dem König, dass sonst niemand ihn verstehen konnte, als er sagte: „Bloß ein einfacher Handel, wie bereits erwähnt. Gegen eine angemessene Belohnung für meine Loyalität … wird niemand von mir von dem geheimen Pakt erfahren, den Ihr mit Eurem Feind geschlossen habt.“

Der König erbleichte. „Was weißt du darüber?“

„Alles, was es zu wissen gibt“, erwiderte der Maskenträger. „Alles, von dem Ihr nicht wollt, dass Eure Untertanen es erfahren.“ Er verneigt sich anmutig. „Selbstredend habe ich die nötigen Maßnahmen ergriffen, um für meine Sicherheit zu sorgen.“

Der König öffnete den Mund, als wollte er etwas sagen, doch kein Laut kam ihm über die Lippen.

„Ich kann darauf vertrauen, dass Ihr mit einem geeigneten Titel für meine Treue ebenso einverstanden seid wie mit ein wenig Land?“, meinte der Maskenträger.

Der König starrte ihn grimmig an. „Einen Titel und Land sollst du bekommen – und noch mehr als das: Ich verfluche dich für deine anmaßende Unverschämtheit!“

Der Maskenträger jedoch lachte bloß, machte kehrt und ging davon, ohne etwas auf die Worte des Königs zu geben.

Lachend nahm Slokin die Maske vom Gesicht. Er war sich nicht sicher, was genau er da gerade mitangesehen hatte, doch er fühlte sich bestens unterhalten und freute sich umso mehr über seine neueste Errungenschaft. Er stellte die Maske auf einen speziellen Sockel in seinem Lager, und nachdem er den Erwerb dieses wunderbaren neuen Artefakts mit Wein und süßen Küchlein gefeiert hatte, begab er sich zu Bett.

Doch schlafen konnte Slokin nicht, denn die ganze Nacht über musste er immer wieder an die Szene denken, die er gesehen hatte. Er konnte den kühnen Wagemut des Maskenträgers nur von Herzen bewundern, und er ertappte sich dabei, dass er neidisch war. Nachdem er Zeuge geworden war, wie die Masche des ursprünglichen Maskenträgers so vorzüglich funktioniert hatte, war ihm ein Gedanke gekommen: Warum sollte er nicht versuchen, in diese großen Fußstapfen zu treten? Warum sollte er nicht versuchen, mit denselben Mitteln ein ähnliches Vermögen zu verdienen?

In jener Woche stand ein Treffen mit dem Botschafter des Planeten Hadros an, einer Welt im Äußeren Rand, die reich an Erzvorkommen war, auf die die Erste Ordnung bislang noch keinen Anspruch erhoben hatte. Ihm waren gewisse Gerüchte über diesen Botschafter zu Ohren gekommen – Geschichten, von denen der Mann nicht wollte, dass sie öffentlich bekannt wurden, aus Angst, dass er dann seinen Posten verlor. Und genau das war die günstige Gelegenheit, auf die Slokin gewartet hatte. Die Chance, die er ergreifen musste. Wenn die List beim ursprünglichen Träger der Maske funktioniert hatte, gab es keinen Grund, daran zu zweifeln, dass es bei ihm nicht ebenfalls klappen würde.

So begab es sich, dass Slokin große Anstrengungen unternahm, um dafür zu sorgen, dass sich der Botschafter willkommen, sicher und geborgen fühlte, als er im Laufe der Woche mit großem Tamtam eintraf – das beste Essen und Trinken und die großartigste Unterhaltung waren gerade gut genug. Slokin überschüttete ihn mit Komplimenten und bot ihm sehr wohlwollende Konditionen für den Import seiner Waren. Alles schien hervorragend zu laufen. Es wurden viele lukrative Geschäfte abgeschlossen, die für beide Nationen einigen Profit abwerfen würden.

Und gerade, als alles so rosig schien, schlug Slokin zu: Nach dem Abendessen trieb er den Botschafter in seinem Quartier in die Enge, sorgte dafür, dass er mit dem Rücken zur Wand stand, raunte ihm ins Ohr, was er gegen ihn in der Hand hatte, und erpresste ihn auf dieselbe Weise, wie der ehemalige Träger der Maske den König erpresst hatte. Angewidert, aber außerstande, die Gerüchte zu entkräften, ließ sich der Botschafter widerwillig auf die Bedingungen ein, und bald darauf war Slokin im Besitz eines kleinen Vermögens in Form von Mineralien und Edelmetallen.

Erfreut wertete Slokin dies als Zeichen, dass Dok-Ondars Geschichten der Wahrheit entsprachen und die Maske tatsächlich gewisse Kräfte barg. Zugleich sagte er sich, dass die Berichte über einen Fluch nichts zu bedeuten hatten – wahrscheinlich waren das nichts weiter als Verweise auf die Worte des alten Königs. Er, Slokin, würde sich davon mit Sicherheit nicht abschrecken lassen. Die jüngsten Ereignisse in seinem Leben waren ein Spiegelbild der Dinge, die sich im Leben des ursprünglichen Maskenbesitzers ereignet hatten. Darum schlich sich Slokin in jener Nacht, als Potniss und die anderen Diener schliefen, aus seinem Schlafgemach zu seiner Sammlung, nahm die Maske von ihrem Podest und setzte sie sich einmal mehr auf.

Als sich das Bild vor Slokins Augen veränderte, erschauderte er vor Vergnügen. Er fand sich im Quartier einer gut situierten Frau in mittleren Jahren wieder, bei der es sich – ausgehend von der Kleidung, die sie trug, und den Amtsketten um ihren Hals – wohl um irgendeine Politikerin handelte.

Der Maskenträger saß mit überschlagenen Beinen auf einem tiefen Sofa und nippte an einem pinkfarbenen, gänzlich geschmacklosen Drink. Er verfolgte, wie die Politikerin aufgewühlt und offenkundig alles andere als glücklich über etwas war, das der Maskenträger gesagt hatte, und auf und ab marschierte. Versuchte er gerade, sie ebenfalls zu erpressen?

„Das ist unmöglich", sagte die Frau und verschränkte die Arme vor der Brust. „In meiner Position ..."

„Aber denkt nur an all die Möglichkeiten, die sich Euch dadurch eröffnen, Ministerin“, sagte der Maskenträger, beugte sich vor und stellte sein Glas auf den Tisch neben ein anderes, von dem Slokin annahm, dass es der Frau gehörte. „Denkt an den Profit!“

„Aber was habe ich von diesen Credits, wenn das bedeutet, dafür mein Volk zu verraten? Nein, das kann ich nicht machen. Das *werde* ich nicht machen!“ Sie ging zum Fenster hinüber und blickte auf den Luftverkehr hinaus, wo Gleiter aller Art eifrig hin und her brausten.

„Und ist das Euer letztes Wort in dieser Angelegenheit?“, fragte der Maskenträger.

„Ja, das ist es.“ Sie wandte sich bei diesen Worten nicht vom Fenster ab.

„Nun gut.“ Der Maskenträger beugte sich erneut vor, wie um seinen Drink zu nehmen, doch stattdessen zauberte er eine winzige Flasche aus dem Ärmel seines Mantels hervor. Geschickt schraubte er den Verschluss ab und drehte das Fläschchen um, damit die klare, transparente Flüssigkeit in ihr Getränk tropfte. Anschließend ließ er die Flasche so schnell wieder verschwinden, wie er sie hervorgeholt hatte. Dann stand der Maskenträger auf und nahm beide Gläser. Er ging zum Fenster hinüber und reichte der Frau das Glas mit dem Gift. „Dann ist die Sache hiermit erledigt“, sagte er. „Trinken wir auf Eure Unbestechlichkeit!“ Er stieß mit ihr an und leerte seinen Drink.

Die Politikerin tat es ihm gleich. Die Erleichterung in ihrem Gesicht war nicht zu übersehen – jedenfalls einen kurzen Moment lang. Gleichermaßen aufgeregt und empört verfolgte Slokin, wie die Frau plötzlich ihre Kehle umklammerte und in entsetztem Begreifen die Augen aufriss. Sie stieß ein feuchtes, kratziges Gurgeln aus, torkelte einen Schritt nach vorn, wie um den Maskenträger zu packen, und sackte dann zu Boden, wo sie, geschüttelt von Krämpfen, starb.

Der Maskenträger ließ sich neben dem verkrümmten Leib der Frau auf die Knie sinken. Behutsam löste er die Amtsketten von ihrem Hals und wog sie abschätzend in den Händen. „Die Bürde, die Ihr mir übertragt, ist schwer, Ministerin, doch zu Euren Ehren füge ich mich der Wahl."

Stumm ließ Slokin die Maske von seinem Gesicht gleiten. Der Maskenträger hatte seine Methoden weiter verfeinert. Das war ein wahrhaft kühner Mann! Er hatte nicht bloß einen König erpresst, sondern sogar gemordet, um an politischer Macht und an Einfluss zu gewinnen. Slokin verschlug es vor Bewunderung schier den Atem. Dieser Mann nahm sich einfach alles, was er wollte. Und er ließ nicht zu, dass ihm irgendjemand dabei in die Quere kam.

Das alles zeigte die Maske Slokin, und er war überzeugt, dass das Artefakt danach trachtete, ihn auf diese Weise zu wahrer Größe zu führen. Von diesem Tag an war der Botschafter entschlossen, es dem ursprünglichen Besitzer der Maske gleichzutun und sich zu nehmen, was immer er wollte, ganz gleich, zu welchem Preis oder mit welchen Konsequenzen.

An diesem Abend ging Slokin mit den finstersten Gedanken zu Bett. Es hatte schon einmal geklappt – die Maske hatte ihm gewaltige Reichtümer beschert. Und nun hatte sie ihm auch noch einen Weg zu großer Macht aufgezeigt. Er schmiedete seine Pläne, und schon am nächsten Morgen machte er sich daran, sie in die Tat umzusetzen.

Mit einer Mischung aus Beklommenheit, Nervosität und Schadenfreude machte Slokin sich daran, ein Fläschchen Gift zu beschaffen – eine klare, tödliche Substanz, die aus dem Achinioskraut gewonnen wurde, das auf dem Planeten Routh wuchs. Es dauerte fast drei Wochen, um alles zu arrangieren. Slokin wurde in dieser Zeit zunehmend ungeduldiger, doch schließlich erwies Potniss sich als treuer Diener und drückte die Ampulle in Slokins schwitzige Hand, nur Stunden, bevor er sich zur formellen Prüfung von Vorschlägen für den Bau einer neuen Raumschiffkonstruktionsstätte mit seinem Vorgesetzten Gorson treffen sollte.

Als Slokin sein Büro betrat, war das pummelige, leutselige Gesicht des Mannes von der Hitze des Tages gerötet, weshalb Slokin vorschlug, sich einen Moment Zeit zu gönnen, um auf der Veranda einen kalten Drink zu nehmen, bevor sie sich ihren Pflichten zuwandten. Gorson war sofort damit einverstanden, denn er war ein ausgesprochen freundlicher, gütiger Mann und auf das Wohl seiner Gäste bedacht. Er schickte sogleich seinen Protokolldroiden los, um Erfrischungen zu holen.

Slokin hämmerte derweil das Herz in der Brust, und zum ersten Mal, seit er diesen Plan ausgeheckt hatte, fragte er sich, ob es wirklich so klug war, was er tat. Wollte er wirklich einen Mord auf sein Gewissen laden? Letzten Endes jedoch genügten die Aussicht auf den potenziellen Lohn seiner Tat und der Gedanke daran, wie unbeeindruckt der Maskenträger sein grimmiges Werk vollbracht hatte, dass Slokins Hand vollkommen ruhig war, als er die Getränke von dem zurückkehrenden Droiden entgegennahm und – sorgsam darauf bedacht, dass sein Vorgesetzter nichts davon mitbekam – die Ampulle mit dem Gift in Gorsons Glas schüttete. Dann brachte er die Getränke auf die Veranda hinaus, reichte dem anderen Mann den vergifteten Drink und verfolgte gespannt, was geschah.

Tatsächlich wich Gorsons warmes Lächeln schon bald einer grässlichen, verzerrten Fratze, als das Gift seine Wirkung entfaltete und der Mann von unkontrollierten Krämpfen geschüttelt zusammenbrach. Der alte Mann starb, während er in fassungslosem Entsetzen Kehle und Brust umklammerte und voller Unglauben zu Slokin emporstarrte.

Doch obwohl das Ganze kein schöner Anblick war, empfand Slokin in diesem Moment nur Freude – er freute sich auf alles, was nun kommen würde. Im Aufbruch begriffen erklärte er dem Droiden, dass Gorson sich nicht gut fühle und fürs Erste auf der Veranda nicht gestört werden wolle.

Am nächsten Morgen erreichte Slokin unmittelbar nach dem Aufstehen die „betrübliche" Nachricht von Gorsons Tod. In den Medien hieß es, er sei einem Herzinfarkt erlegen. Es dauerte nicht lange, bis sich die Regierungschefin bei ihm meldete, die ihm erst ihr herzlichstes Beileid wegen des traurigen Verlusts seines Freundes Gorson ausdrückte – und sich dann rundheraus erkundigte, ob er womöglich gewillt wäre, eine Beförderung zu akzeptieren und Gorsons Amt zu übernehmen. Darum bemüht, ein zufriedenes Lächeln zu unterdrücken, erklärte Slokin sich in vorgespieltem Pflichtbewusstsein dazu bereit.

Und so kam es, dass Slokin zu einem wichtigen Rädchen in der Regierungsmaschinerie wurde. Endlich hatte sich all sein Ehrgeiz ausgezahlt und ihm sowohl ein stattliches Vermögen als auch Macht über andere verschafft.

Doch Slokin war von Gier zerfressen, und trotz seiner jüngsten Erfolge begab er sich noch in jener Nacht zu seiner Sammlung und nahm die Maske zur Hand, entschlossen, sie ein weiteres Mal aufzusetzen, damit sie ihm Möglichkeiten aufzeigte, zu noch mehr Wohlstand und Einfluss zu gelangen.

Die Vision, die ihm diesmal zuteilwurde, war allerdings das genaue Gegenteil von dem, was er wollte – denn er wurde Zeuge, wie der Maskenträger durch die Hand eines einstigen Untergebenen brutal ermordet wurde. Der ursprüngliche Besitzer der Maske war zu reich und zu mächtig geworden und hatte damit Neid und Missgunst jener in seinem Umfeld geweckt, die seine Reichtümer und seinen Einfluss für sich selbst begehrten. Deshalb hatte der Mörder – ein ungepflegter junger Bursche, der als Handlanger für den Maskenträger gearbeitet und für ihn alle möglichen Verbrechen begangen und vertuscht hatte – sich ins Schlafgemach seines Meisters geschlichen und dem Mann einen silbernen Dolch in die Brust gerammt, bevor er sich mit der Maske davonmachte und sie für sich behielt.

Besorgt nahm Slokin die Maske vom Gesicht und verschanzte sich in seinen Gemächern, voller Panik, zu viel gesehen zu haben, und dass er dadurch, dass er den Taten des ursprünglichen Maskenträgers nachgeeifert hatte, womöglich auf dieselbe Weise sein Ende finden würde. War das der Fluch? Gab es ihn wirklich? Er verrammelte die Türen und ließ niemanden in sein Quartier außer Potniss, seinen loyalsten, treuesten Ratgeber, davon überzeugt, dass ihm so kein Leid geschehen würde.

Doch Slokins Macht und Einfluss waren mittlerweile so groß, dass nicht einmal Potniss ihm mehr vertraute. Tatsächlich war er des tyrannischen Verhaltens seines Herrn schon länger überdrüssig und trachtete insgeheim danach, Slokins Sammlung für sich selbst zu haben. So kam es, dass er sich Slokin mit einem silbernen Messer näherte, als dieser ihm gerade den Rücken zukehrte.

Aber paranoid, wie Slokin war, hatte er halb damit gerechnet, dass so etwas passieren könnte. Er versuchte zu fliehen, doch die Türen waren verbarrikadiert und einen anderen Weg zu entkommen, gab es nicht. Potniss hatte an alles gedacht, und er war entschlossen zu tun, was nötig war, um all die Schätze für sich zu gewinnen.

Slokin schrie, als sich sein einstiger Diener auf ihn stürzte. So verlor er sein Leben und Dok-Ondars Warnung, dass ein Fluch auf der Maske lag, bewahrheitete sich. Die Maske war tatsächlich eine Gefahr für jeden, die ihrer nicht würdig war – und bislang hatte sich noch *keiner* von denen, die sie je trugen, als würdig erwiesen.

Dies galt auch für Potniss. Es dauerte nicht lange, bis er für sein Verbrechen festgenommen und verurteilt wurde, woraufhin die Maske zurück in Slokins Sammlung kam. Da dieser keine Familie hatte, wurde sein Anwesen mit allem, was sich darin befand, einige Zeit später verkauft, und seine Besitztümer wurden in der Galaxis verstreut. Was die Maske betrifft … Nun, die ist inzwischen wieder in Dok-Ondars Antiquitätenladen zu bestaunen, wo sie auf den nächsten arglosen Kunden wartet, der so töricht ist, die Warnung des Händlers als albernen Aberglauben abzutun.

DER VORGÄNGER

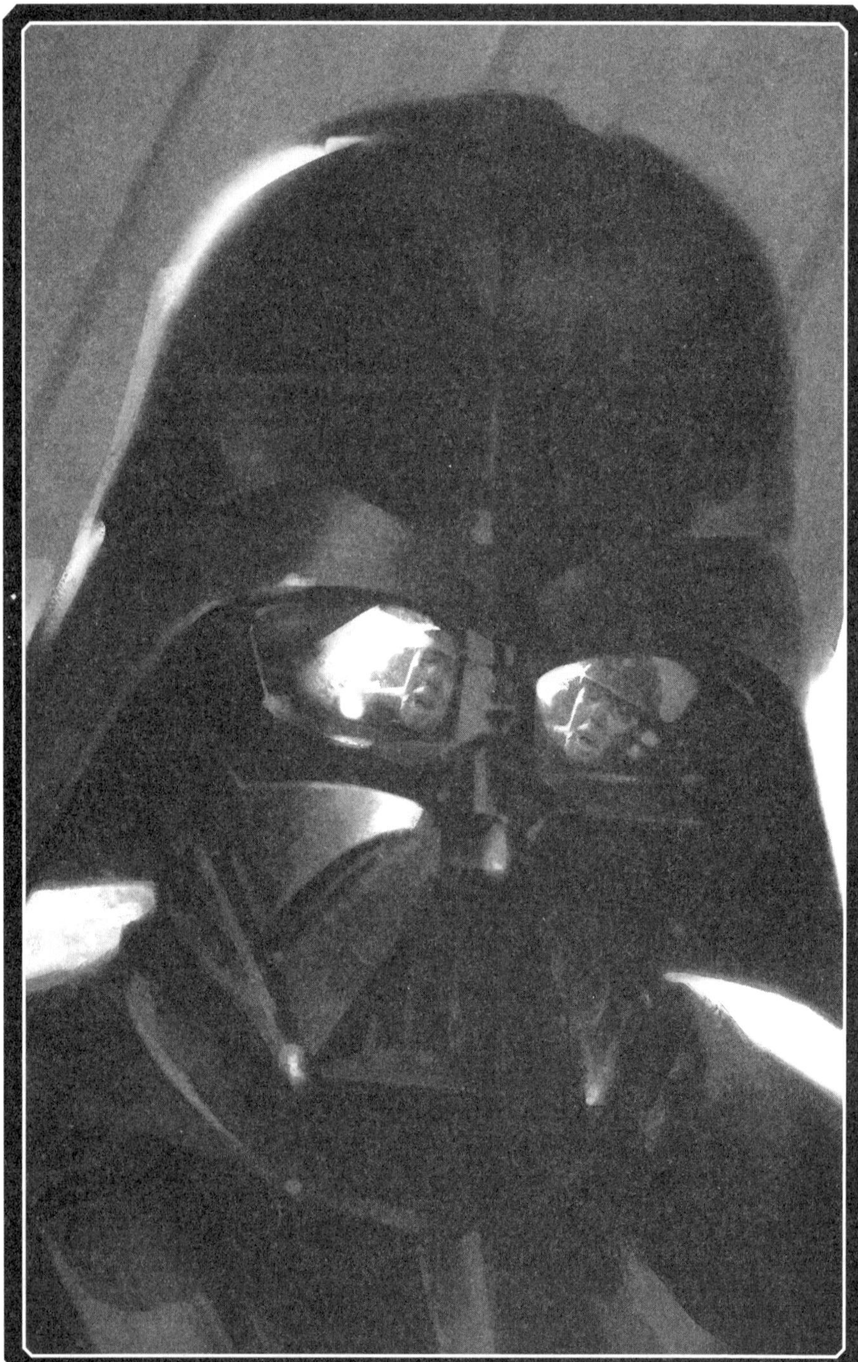

Einst existierte ein Imperium, das so groß und mächtig war, dass all die vielen Welten, die unter seinen Einfluss gerieten, wuchsen und gediehen und danach strebten, sich diesem Reich vollends anzuschließen, denn sie erkannten, dass sie, um Großes zu erreichen, Teil von etwas noch Größerem werden mussten.

Ein Imperium war nichts ohne seine Untertanen, und jeder Einzelne von ihnen, ganz gleich, ob Ingenieur oder Pilot, Bergmann oder Soldat, hatte eine Aufgabe zu erfüllen wie ein winziges Zahnrad in einer gewaltigen Maschine, um gesittet und mit aller Hingabe seinen Beitrag zum Allgemeinwohl zu leisten.

So begab es sich, dass die gewaltigen Flotten von Raumschiffen, die die Leere des Alls durchquerten, die Kunde von diesem wunderbaren Reich auch zu all den Welten trugen, die noch nichts von seiner Güte gehört hatten. Jedermann wusste, was er zu tun hatte, und wie bei einem gut geölten Getriebe erledigten die Schiffe und die Leute, die auf ihnen Dienst taten, gewissenhaft ihre Pflicht.

Niemand stellte Fragen. Denn natürlich können Fragen gefährlich sein, weshalb man die Mannschaften auf diesen Schiffen nach Möglichkeit gar nicht erst dazu kommen ließ, Dinge infrage zu stellen. Doch dann, eines Tages, wurde ein imperialer Offizier namens Alger Denholm, der an Bord des Sternenzerstörers *Exactor* diente, zum Kapitän gerufen und mit sofortiger Wirkung befördert, und mit einem Mal wusste er nicht mehr so recht, was er tun sollte.

Die meisten imperialen Offiziere wären ungeheuer stolz darauf gewesen, dass die Schiffsführung ihre Leistung auf diese Weise honorierte und ihnen noch mehr Verantwortung übertrug, und obwohl auch Denholm es nicht versäumte, dem Kapitän in aller Form für diese Ehre zu danken, hatte ihn der plötzliche, unerwartete Wandel der Umstände in Wahrheit kalt erwischt.

Zwar war es nicht so, dass es Denholm unwillkommen gewesen wäre, im Rang aufzusteigen – vielmehr hatte sein Dilemma damit zu tun, dass er den Grund für die Veränderung nicht recht verstand. Bis zu diesem Moment hatte es nicht den geringsten Hinweis darauf gegeben, dass er irgendwie die Gunst des Kapitäns gewonnen hatte – um ehrlich zu sein, hatte er vor diesem Gespräch kaum je ein Wort mit ihm gewechselt. Selbst seiner eigenen Einschätzung nach hatte er im Zuge seiner bisherigen Laufbahn nicht besonders viel geleistet, dass es eine so unerwartete Beförderung gerechtfertigt hätte.

Bis zum vorherigen Tag hatte Denholm unter einem anderen Offizier Dienst getan, Lieutenant Marsden, und das schon einige Monate. Es kam nur selten vor, dass sich ein Offizier der Imperialen Flotte mit den Leuten verbrüderte, die ihm unterstellt waren, oder sich mit irgendwem auf so etwas wie eine Freundschaft einließ. Denholm hatte Marsden jedoch stets für einen ehrbaren Mann gehalten, und soweit er wusste, war an Bord der *Exactor* bislang alles reibungslos gelaufen, und Marsden hatte in seiner Funktion eine mehr als zufriedenstellende Leistung gezeigt. Tatsächlich war allgemein bekannt, dass

Marsden sich unter dem Rest der Besatzung einigen Respekt verdient hatte und auch bei Denholms Kameraden großes Ansehen genoss. Überdies war das Schiff in letzter Zeit nicht an irgendwelchen Schlachten oder Kampfhandlungen beteiligt gewesen, und es hatte auch keinerlei Hinweise darauf gegeben, dass Marsden auf einen anderen Posten oder ein anderes Schiff der Flotte versetzt werden sollte.

Als Lieutenant Denholm sich nach Marsden erkundigte, dessen Position er übernommen hatte, erklärte man ihm lediglich, dass der andere Mann nun woanders Dienst tue und der Posten deshalb frei geworden sei. Obwohl er etwas beunruhigt war, da ihm das Ganze irgendwie merkwürdig erschien – besonders die Tatsache, dass die ranghöheren Offiziere offenkundig bestrebt waren, das Thema lieber unter den Tisch fallen zu lassen –, blieb Denholm trotz allem keine andere Wahl. Er musste sein neues Amt antreten, ohne weitere Fragen zu stellen.

Trotzdem konnte er das Gefühl nicht abschütteln, dass irgendetwas Bedauerliches passiert war und die ganze Angelegenheit unter den Teppich gekehrt werden sollte. Wo war Marsden? Die *Exactor* war schon seit einer ganzen Weile unterwegs und hatte seit Wochen keinen Raumhafen angelaufen, was bedeutete, dass er nicht auf Landgang war. Es bestand allerdings durchaus die Möglichkeit, dass Marsden eine Raumfähre genommen oder man ihm vielleicht eine streng geheime Mission anderswo als an Bord dieses Schiffs übertragen hatte, und Denholm versuchte, sich mit diesen Gedanken zu beruhigen. Es fiel ihm einfach leichter zu denken, dass sein einstiger Vorgesetzter nun mit wichtigeren Aufgaben betraut war – nicht zuletzt, weil er schließlich dieselbe Laufbahn verfolgte wie Marsden. Die Vorstellung, eines Tages womöglich selbst auf eine bedeutende Geheimmission geschickt zu werden, war ihm keineswegs unangenehm.

Doch trotz allem nagte der Zweifel an Denholm. Hinzu kam, dass er von Natur aus neugierig war und die Dinge infrage stellte, und obwohl er verstand, dass in dieser Angelegenheit Diskretion gefragt war, sollte seine neu gewonnene Freigabestufe eigentlich genügen, um den anderen Offizieren zumindest gewisse Informationen darüber zu entlocken, was aus dem anderen Mann geworden war. Denholm war gezwungen, sich selbst einzugestehen, dass er ziemlich nervös war, denn falls Marsden irgendetwas getan hatte, um das Missfallen des Kapitäns zu erregen, wäre es dann nicht besser zu wissen, was genau, damit er es vermeiden konnte, Marsdens Fehler zu wiederholen?

Aber auch höfliche Nachfragen unter seinen neuen Kameraden brachten ihm nur vielsagendes Schweigen ein, und es dauerte nicht lange, bis die anderen Offiziere merklich anfingen, Denholm aus dem Weg zu gehen, im Korridor in die andere Richtung zu gehen, wenn sie ihn kommen sahen, und die Offiziersmesse gleich wieder zu verlassen, wenn sie hereinkamen und ihn entdeckten. Doch Denholm beschloss, sie deswegen nicht zur Rede zu stellen, in dem Glauben, dass es als frisch ernannter Lieutenant in seiner Verantwortung lag, sie für sich zu gewinnen. Vielleicht, entschied er, wussten sie einfach nichts von seinen Fähigkeiten oder zweifelten an seinen Führungsqualitäten. Doch diesen Umstand in Ordnung zu bringen, sollte nicht weiter schwierig sein.

Also tat Denholm das, was man ihm auftrug, machte sich daran, seine neuen Pflichten zu schultern und die neuen Aufgaben zu aller Zufriedenheit zu meistern. Er unternahm alles, um sich denen in seiner Nähe stets im bestmöglichen Licht zu präsentieren. Tatsächlich erwies er sich, als er sich erst einmal auf seine neue Rolle einließ, als ausgesprochen kompetent und wurde vom Kapitän eigens dafür gelobt, wie schnell er mit der Verantwortung und dem Druck, die sein Posten mit sich brachte, zurechtkam.

Denholm indes ging ganz in seiner Position auf und stellte zugunsten der Pflichterfüllung alles andere hintenan. Fortan saß er nicht mehr bis spät nachts an seinem Schreibtisch, um für den Katalog, an dem er privat arbeitete, detaillierte Skizzen der Flora des Waldmondes Endor anzufertigen, und er schloss sich seinen ehemaligen Kameraden – die nun seinem Kommando unterstanden – auch nicht beim Essen oder bei einer gelegentlichen Partie Sabacc an. Stattdessen verbrachte er seine Freizeit damit, sich noch eingehender mit dem Schiff vertraut zu machen, die Uniformen der Mannschaft einer Extrainspektion zu unterziehen oder die umfangreichen Verhaltensvorschriften zu studieren, um sicherzustellen, dass es bei keinem seiner Kontakte zur Schiffsführung der *Exactor* Anlass zu Tadel gab.

Doch so schnell, wie er in der Schiffshierarchie aufstieg, fühlte sich Denholm mit jedem verstreichenden Tag einsamer und immer isolierter vom Rest der Besatzung. Abgesehen davon hatte sich kaum etwas verändert. Seinen Kameraden war in seiner Gegenwart nach wie vor unbehaglich zumute. Nach wie vor mieden ihn seine Untergebenen, wo immer sie konnten, selbst jene, die früher seine Freunde gewesen waren. Und nach wie vor konnte er nicht umhin, sich zu fragen, was wohl aus Lieutenant Marsden geworden war.

Denholm bekleidete seinen neuen Posten schon eine ganze Weile, als es zum ersten dieser bizarren Vorfälle kam. Es war schon spät und Denholm gerade dabei, seine letzten Runde zu drehen, als er weiter vorne im Korridor einen flüchtigen Blick auf Marsden erhaschte. Er hastete mit gesenktem Kopf durch den Gang, als wäre er in Eile. Überrascht, aber erleichtert ging Denholm schnellen Schrittes hinter ihm her, um ihn zur Rede zu stellen, eilte um die Ecke, rief Marsdens Namen – und musste zu seiner Verblüffung feststellen, dass der Mann spurlos verschwunden war, bevor Denholm ihn erreichen konnte. Stattdessen sah er sich einer Schar Sturmtruppler und anderer Offiziere gegenüber, die ihn ernst anstarrten und seinen offenkundigen Mangel an Etikette unverhohlen missbilligten.

Verwirrt nahm Denholm Haltung an und errötete. Er ließ den Rest seines Rundgangs aus und begab sich geradewegs in sein Quartier. Dort goss er sich mit zittrigen Händen einen Drink ein, nippte daran und versuchte, das brennende Gefühl der Verlegenheit abzuschütteln, das ihn erfüllte. Vermutlich hatte er sich bloß geirrt. Es war einfach nur ein Mann gewesen, der Marsden recht ähnlich sah. Denn wäre es tatsächlich Marsden gewesen, wäre er beim Ausruf seines Namens stehen geblieben. Ja, das musste es sein, redete Denholm sich ein. Bloß eine Verwechslung. Zwar war ihm immer noch ein wenig unbehaglich zumute, als er sich zu Bett begab, doch Denholm war zuversichtlich, dass am nächsten Morgen alles wieder in Ordnung sein würde.

Als Denholm aufwachte, umgab ihn Dunkelheit. Die Luft in seiner Schlafkammer war kühl. Trotzdem war er in kaltem Schweiß gebadet, der ihm den Nacken hinablief, als er sich ruckartig aufsetzte und die Decke fester an sich zog. Hatte er da nicht gerade etwas gehört? Er war sich nicht ganz sicher. Es war ungewöhnlich für ihn, dass er einfach mitten in der Nacht erwachte – normalerweise genügte der Gedanke an all die Sturmtruppler, die draußen in den Korridoren vor dem Quartier patrouillierten, um dafür zu sorgen, dass er tief und fest schlief –, doch womöglich forderten die Anstrengungen der vergangenen Wochen einen größeren Tribut von ihm, als er bislang dachte. Er seufzte, atmete tief durch und wischte sich den Schweiß von der Stirn. Er gelangte zu dem Schluss, dass sein Unwohlsein wohl an dem Drink lag, den er vor dem Zubettgehen genossen hatte und der nun in seinem Magen brannte.

Doch gerade als Denholm sich wieder hinlegen wollte, vernahm er unvermittelt ein Geräusch. Es klang, als würde sich jemand räuspern, und es kam aus den Schatten am Fuß seines Bettes. Erschrocken gab er das Kommando, das Licht einzuschalten, aber zu seiner Bestürzung reagierten die Automatiksysteme nicht. Im Dunkeln hockte er in seinem Bett, überzeugt davon, dass sich noch jemand anderes im Raum befand. Mit zitternder Stimme verlangte er zu wissen, wer da war, doch die einzige Antwort darauf war ein neuerliches Geräusch, diesmal eher ein Gurgeln wie von jemandem, der nicht atmen konnte und nach Luft rang.

Entsetzt sprang er aus dem Bett. Wer immer da mit ihm im Zimmer war, bekam keine Luft. Er musste Hilfe holen! Er versuchte abermals, das Licht einzuschalten, aber es funktionierte immer noch nicht. In der trüben Dunkelheit konnte er vage die Umrisse der Gestalt ausmachen, die am Fußende des Bettes stand und ihre Kehle umklammert hielt. Verzweifelt lief Denholm zur Tür, stürmte in den Gang hinaus und rief lauthals nach Hilfe.

Sofort kamen mehrere Sturmtruppler angelaufen, die gerade auf ihrem Patrouillengang waren, und eilten mit ihren Waffen im Anschlag in Denholms Quartier. Offenbar fürchteten sie einen Anschlag. Doch als Denholm hinter ihnen hineinstolperte, bloß mit seiner Decke bekleidet, die er um sich gewickelt hatte, stellte er fest, dass das Licht an war, hell und strahlend – und sich niemand im Zimmer befand, der dort nichts zu suchen hatte. Zögernd durchsuchten die Sturmtruppler den Rest von Denholms Quartier, fanden jedoch keine Spur von einem Eindringling.

Verwirrt, verlegen und ernüchtert scheuchte Denholm die Sturmtruppler mit der Bemerkung hinaus, er habe wohl bloß schlecht geträumt, obwohl er in Wahrheit nur zu gut wusste, dass sie sich über ihn lustig machen würden, sobald sie sich außer Hörweite befanden. Vermutlich würde sich morgen früh das ganze Schiff über ihn schlapplachen. Wütend auf sich selbst, weil er sich so hatte gehen lassen, ließ er sich auf sein Bett fallen, doch nach der ganzen Aufregung konnte er einfach nicht wieder einschlafen.

Obwohl erschöpft vor Müdigkeit, gab Denholm am nächsten Tag trotz allem sein Bestes, um seine Pflichten zu erfüllen. Und obgleich er durchaus mitbekam, wie sich die Leute – größtenteils Untergebene – hinter seinem Rücken über ihn amüsierten, beschloss er, sich das nicht weiter zu Herzen zu nehmen und allem Spott mit Anstand und Würde zu begegnen. Wenn überhaupt, nahm er die Mannschaft an diesem Tag nicht ganz so hart ran wie in den vergangenen Wochen, als wolle er zeigen, dass er weder etwas zu verbergen noch etwas zu beweisen hatte.

Trotz allem hatte er an diesem Tag bei mehreren Gelegenheiten das ungute Gefühl, beobachtet zu werden. Er konnte die Blicke regelrecht körperlich spüren, kalt und berechnend, um jede seiner Bewegungen zu verfolgen, während er durch die Korridore marschierte, in Besprechungen saß und seinen Untergebenen Befehle erteilte. Immer, wenn das passierte, ließ ihn eine plötzliche Kälte unvermittelt frösteln, dann begann sein Herz zu rasen und Schweiß trat ihm auf die Stirn. Da wusste er jedes Mal instinktiv, dass er nicht mehr allein war, dass ihm irgendeine bösartige Präsenz durch das Schiff folgte. Manchmal warf er dann einen Blick hinter sich oder drehte sich ruckartig um, und obwohl ihm das eine Reihe verwirrter und besorgter Blicke von denen einbrachte, die in den Gängen an ihm vorbeikamen, konnte er nirgends eine Spur seines Verfolgers entdecken. Er vermutete, dass es sich dabei um jemanden handelte, den die Mannschaft losgeschickt hatte, um ihn im Auge zu behalten und sie mit neuem Material für ihren Tratsch zu versorgen, doch das änderte nichts daran, dass er sich zusehends isolierter fühlte und sein Unbehagen von Stunde zu Stunde wuchs.

So ging es auch in den nächsten Tagen weiter, bis Denholm die Präsenz praktisch ununterbrochen spürte. Irgendwann gewöhnte er sich daran, passte sein Verhalten an und versuchte sogar, wenn er allein war, sicherzustellen, nichts zu tun, womit man ihn vor dem Kapitän in Verlegenheit bringen konnte, wenn er dabei „ertappt“ wurde. Stattdessen drehte er den Spieß um, drehte nach seiner Runde durch das Schiff noch eine weitere, aber in die entgegengesetzte Richtung, spähte unvermittelt in Seitengänge und schlüpfte in Lagerräume und ungenutzte Quartiere. Doch ganz gleich, was er auch tat, es gelang ihm einfach nicht, denjenigen zu Gesicht zu bekommen, der ihn so hartnäckig verfolgte. Auch sein Schlaf wurde zusehends unruhiger. Immer häufiger quälten ihn Albträume, in denen er flüchtige Blicke auf ein blasses, verzerrtes Gesicht in den Schatten erhaschte und mit einem würgenden Geräusch in den Ohren aufschreckte.

Es dauerte nicht lange, bis der Kapitän von Denholms Problemen erfuhr, denn ausgerechnet bei einer seiner Besprechungen mit dem Kapitän sah Denholm Lieutenant Marsden das nächste Mal, als er mit gesenktem Kopf am Konferenzraum vorbeiging, die Hände hinter dem Rücken verschränkt. Und während Denholm ihn noch mit großen Augen anstarrte, wandte Marsden sich ihm zu, um ihn durch die Scheibe anzusehen. In diesem Moment schien es, als würde etwas wie Erkennen in seinem glasigen Blick aufflackern. Ohne darauf zu achten, dass der Kapitän gerade sprach, sprang Denholm – dem der Schlafmangel stetig mehr zu schaffen machte – auf die Beine, lief zur Tür und hastete in den Korridor hinaus. Alle schauten ihn fassungslos an, während er frustriert den Gang auf und ab rannte und ebenso verzweifelt wie erfolglos nach dem Mann suchte, von dem alle behaupteten, dass er versetzt worden war.

So kam es, dass der Kapitän – für seine Verhältnisse ungewohnt besorgt – Denholm beiseitenahm und ihm auftrug, sich von einem der Medidroiden untersuchen zu lassen. Erschüttert, aber nur zu gern bereit, den Wünschen seines Vorgesetzten nachzukommen, tat Denholm, was ihm aufgetragen worden war. Allerdings konnte der Medidroide bei Denholm nichts finden – abgesehen von allgemeiner Erschöpfung. Also verabreichte er dem Offizier ein Beruhigungsmittel und verordnete ihm zwei Tage absolute Ruhe.

Zum ersten Mal seit Wochen konnte Denholm unter Aufsicht des Droiden ruhig schlafen und war innerhalb kürzester Zeit wieder fit und auf den Beinen. Er fühlte sich erholt und bereit, seine Aufgaben mit neuem Elan in Angriff zu nehmen. Alles, was er wollte, war, alle Gedanken an Marsden hinter sich zu lassen.

Gleichwohl, seine Schicht war kaum einige Stunden alt, als er den Mann das nächste Mal sah, wie er vor ihm den Korridor entlangeilte. Doch diesmal widerstand Denholm dem Drang, ihm zu folgen. Er sagte sich, dass dieser Mann gar nicht Marsden war – dass das Ganze eine Nebenwirkung der Beruhigungsmittel war oder er womöglich noch immer unter Erschöpfung litt und noch etwas mehr Erholung brauchte. So oder so, er schüttelte sein Unbehagen ab und ging weiter seinen Pflichten nach, auch wenn er es kaum erwarten konnte, früh zu Bett zu gehen, und verzweifelt so tat, als wäre alles in bester Ordnung.

Auch am nächsten Tag sah er den Mann, der wie Marsden aussah, doch wieder ignorierte Denholm ihn und tat alles, was nötig war, um sich nicht aus dem Konzept bringen zu lassen. Allerdings wurde sein Verhalten im Laufe der folgenden Tage zusehends unberechenbarer, da die unerwünschten „Begegnungen" immer häufiger wurden und ihn immer mehr von seinen Aufgaben ablenkten. Es kam so weit, dass er mitten im Schritt kehrtmachte und in die andere Richtung ging, wenn er Marsden sah, oder panisch zusammenzuckte, wenn irgendjemand in seiner Nähe hustete.

Außerdem war Denholm nach wie vor davon überzeugt, dass ihm jemand nachstellte, bloß dass er mittlerweile vollkommen sicher war, dass es sich bei seinem geheimnisvollen

Verfolger um Marsden selbst handelte. Vielleicht, überlegte er, versuchte sein ehemaliger Vorgesetzter ja, ihm irgendetwas zu sagen, unter vier Augen mit ihm zu reden oder ihn vor der unheimlichen, würgenden Gestalt zu warnen – nur dass er sich Denholm aus irgendeinem Grund nicht offen zeigen konnte, wenn jemand anderes in der Nähe war.

War Marsden auf dem Schiff dermaßen in Ungnade gefallen, dass er sich nirgends mehr blicken lassen konnte, ohne Konsequenzen fürchten zu müssen? Für den Fall, dass dem so war, hielt Denholm sich fortan zunehmend an den ruhigeren Orten auf dem Schiff auf, in Bereichen, in die sich sonst keiner verirrte, und hoffte auf ein heimliches Treffen mit dem Mann, aber nichts dergleichen ergab sich. Während er zwar weiter diese kühle, lauernde Präsenz verspürte, stellte er fest, dass er Marsden immer nur zu den unpassendsten Gelegenheiten sah.

Mittlerweile machten alle an Bord einen großen Bogen um Denholm, und nachdem er versucht hatte, sich einem seiner alten Freunde anzuvertrauen, um über die merkwürdigen Dinge zu sprechen, die er gesehen hatte, fingen auch seine Untergebenen an, ihn zu meiden, wo immer es möglich war.

Hinzu kam, dass die Besuche der geheimnisvollen, würgenden Gestalt in den späten Nachtstunden weiter zunahmen, weshalb Denholm angefangen hatte, die ganze Nacht über wach zu bleiben, um seinem unheilvollen Gast so zu entgehen. Das erschöpfte ihn allerdings so sehr, dass er irgendwann doch einnickte – bloß um von diesem grässlichen Würgen am Fußende seines Bettes geweckt zu werden, wo die schattenhafte, blasse Gestalt voller Entsetzen ihre Kehle umklammerte.

Denholm beschlich die Angst, den Verstand zu verlieren – dass der Stress seines neuen Postens und die Ungewissheit, was mit Marsden passiert war, ihn dazu brachten zu halluzinieren. Doch es gab niemanden, mit dem er darüber hätte reden können. Er wusste, dass inzwischen auch seine Arbeit unter alldem litt, dass er – angespannt und furchtsam, wie er war – nicht länger imstande war, seinen Pflichten auf angemessene Weise nachzukommen. Doch wenn er nicht wollte, dass man ihn wegen Disziplinlosigkeit maßregelte oder gar vor das Militärgericht stellte, blieb ihm nichts anderes übrig, als irgendwie seine Arbeit zu erledigen, so gut es eben ging. Irgendwann waren seine Aufgaben zum einzig Konstanten geworden, das es noch in seinem Leben gab, und er sagte sich, dass er schon wieder in Ordnung kommen würde, wenn es ihm nur gelang durchzuhalten.

So kam es, dass Denholm sich ungeachtet einer weiteren schlaflosen Nacht, in der die seltsame Erscheinung ihn besonders hartnäckig heimgesucht hatte, in seiner Paradeuniform im Haupthangar des Schiffs einfand, um zusammen mit einem Dutzend Sturmtrupplern in auf Hochglanz polierten Rüstungen auf die Ankunft eines hohen Würdenträgers zu warten. Alles, was Denholm wollte, war, die Förmlichkeiten so schnell wie möglich hinter sich zu bringen und den Besucher dann der Obhut eines anderen Offiziers zu überlassen. Er war todmüde und nervös und hielt aus den Augenwinkeln die ganze Zeit über Ausschau, für den Fall, dass er Marsden im Hangar entdeckte oder die vertraute Präsenz des Mannes in der Nähe spürte, während sein ehemaliger Vorgesetzter ihn beobachtete.

Denholm ließ den Blick über die dicht geschlossenen Reihen der Sturmtruppler schweifen, und obwohl er die Gesichter der Soldaten hinter ihren starren Visieren nicht sehen konnte, fragte er sich, was sie wohl gerade dachten. Wussten sie etwas über den Mann, der ihm so hartnäckig nachstellte? Wussten alle an Bord des Schiffs darüber Bescheid? Und wussten sie auch, was mit Marsden passiert war? Vielleicht, überlegte er, sollte er sie einfach fragen – sie an Ort und Stelle dazu bringen, ihm alles zu sagen, was sie wussten. Seine Hand zitterte. Er schickte sich gerade an, einen Schritt vorzutreten, als das Geräusch des landenden Shuttles ihn eines Besseren belehrte und dafür sorgte, dass er wieder in die Reihe zurücktrat.

Die Raumfähre glitt geschmeidig durch die flirrende Energiebarriere, drehte bei und setzte dann elegant auf dem schimmernden Hangarboden auf. Denholm nahm Haltung an und verschränkte die Hände hinter dem Rücken. Nicht mehr lange, dann war es geschafft. Vermutlich handelte es sich bei dem Besucher bloß um irgendeinen dürren, alten Botschafter, der sich beim Kapitän einschmeicheln wollte. Wahrscheinlich brauchte er nichts weiter zu tun, als den Gast durch das Schiff zu seinem Quartier zu führen.

Die Luke des Shuttles öffnete sich mit einem pneumatischen Zischen. Dann sank die Rampe nach unten, bis sie locker auf dem Boden ruhte. Am oberen Ende der Rampe, eingerahmt von der Einstiegsluke, stand eine schwarze Gestalt, groß und Respekt einflößend.

Denholm versteifte sich. Mit einem Mal wurde die Luft um ihn herum eiskalt. Er erschauderte. Kalter Schweiß badete seine Stirn.

Der Mann marschierte die Rampe hinunter. Bei jedem Schritt dröhnten seine Stiefel ohrenbetäubend laut. Sein schwarzer Umhang wallte hinter ihm her. Er trug eine gebieterische schwarze Maske, die ihm zugleich als Atemgerät diente. Sein

Atem klang angestrengt und zischend. Lord Vader in all seiner grässlichen Pracht.

Hinter Denholm begann jemand zu würgen. Er spürte, wie die feinen Härchen in seinem Nacken kribbelten, als kalte, unsichtbare Finger über seine Haut zu streichen schienen. Denholm schrie auf. Ein schriller, durchdringender Schrei, der die respektvolle Stille des Hangars zerriss. Er machte auf dem Absatz kehrt, und die Augen quollen ihm vor Entsetzen aus den Höhlen, als er die geisterhafte Erscheinung von Marsden vor sich sah, der seine Kehle umklammerte, als litte er grässliche Schmerzen, während er mit den Lippen verzweifelt Worte formte. Doch alles, was Denholm hören konnte, war das schreckliche würgende Husten, das seine Ohren erfüllte, seinen Verstand mürbe machte und alle anderen Gedanken weichen ließ.

Das war es also, was mit Marsden passiert war. Das war es, was Denholm jede Nacht in seinem Quartier heimsuchte, was er auf den Korridoren des Schiffs gesehen hatte, was jeden seiner Schritte verfolgte und ihm keine Ruhe gönnte – der Geist seines einstigen Vorgesetzten.

Denholm wich panisch zurück, stolperte, zitterte. Er stieß mit einem Sturmtruppler zusammen, doch das kümmerte ihn nicht. Das Einzige, woran er denken konnte, war, so weit wie möglich von dieser furchtbaren, albtraumhaften Erscheinung vor sich wegzukommen.

Eine Hand packte seine Schulter und drückte so fest zu, dass er vor Schmerz wimmerte. Er spürte, wie er herumgedreht wurde, machtlos gegen den eisenharten Griff – und er erkannte, dass es keiner der Sturmtruppler war, die er angerempelt hatte, sondern Lord Vader persönlich.

Der Dunkle Lord blickte durch die gläsernen schwarzen Augen seiner Maske auf ihn herab. Denholm sah seine eigene Reflexion in Vaders Visier, sah die Tränen, die über seine Wangen liefen, während sein Körper von panischen Schluchzern geschüttelt wurde. Er stammelte irgendetwas Unverständliches und deutete mit dem Finger auf den Geist. Doch Lord Vader reagierte nicht.

Zutiefst erschüttert versuchte Denholm, sich einen Reim auf das zu machen, was gerade geschah. Das war der Moment, in dem er den schraubzwingenartigen Griff unsichtbarer Finger spürte, die sich um seine Kehle schlossen – und ihm wurde klar, dass Marsdens Geist die ganze Zeit über versucht hatte, ihn zu warnen. Er war in jeder erdenklichen Hinsicht in Marsdens Fußstapfen getreten – und gleich würde er auch dasselbe Schicksal erleiden wie sein Vorgänger.

Sein Körper ruckte und zuckte, als er vom Boden in die Höhe gehoben wurde. Er griff sich an den Hals und versuchte, die grässlichen unsichtbaren Finger von seiner Kehle zu lösen, die seine Luftröhre zudrückten. Wieder drang ihm dieses Würgen in die Ohren, bloß dass er diesmal wusste, dass es ihm über die eigenen Lippen kam.

Das Letzte, was Denholm sah, bevor er tot zu Boden sackte, war sein eigenes Spiegelbild in dieser grässlichen schwarzen Maske, das Letzte, was er hörte, das zufriedene Rasseln von Lord Vaders angestrengtem Atem.

Gleich am nächsten Tag wurde ein junger Offizier namens Saul Toten ins Zimmer des Kapitäns gerufen, wo man ihm mitteilte, dass er – vollkommen unerwartet und mit sofortiger Wirkung – befördert worden war.

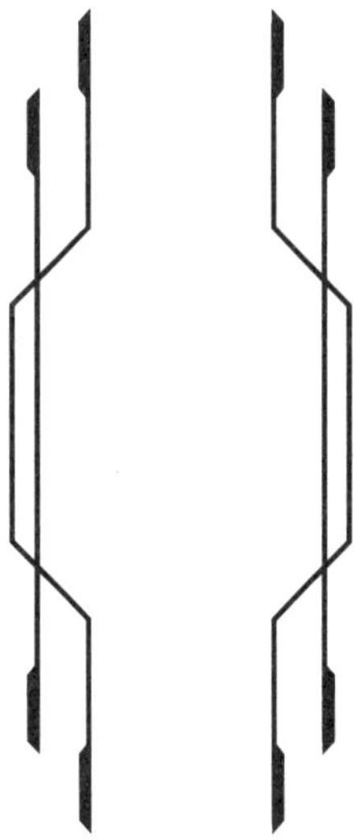

BLUTMOND

In den entlegensten Winkeln, weit draußen in den unerforschten Regionen des Wilden Raums, kreist der Mond Lupal um einen sterbenden Stern, dessen Herz ein Kern aus reinstem Kyber ist. Der Stern ist uralt und der Druck ungezählter Äonen hat den Kyber brüchig gemacht. Diese Brüche ließen gewaltige Sonneneruptionen aus dem Kern des Sterns hervorbrechen – flackernde, wütende Tentakel aus tiefstem Rot, als würde der beschädigte Kyber selbst in die frostigen Tiefen des Alls ausbluten.

Tatsächlich wird in den Cantinas des Äußeren Rands behauptet, dass man den Stern schreien hören kann, wenn man nur nahe genug an diese Eruptionen heranfliegt. Man vernehme das qualvolle Geheul eines langsamen, längst besiegelten Todeskampfes.

Das ist auch das Schicksal von Lupal, denn wenn das Herz des Sterns eines Tages ganz zerbricht, dann werden die Ausstöße des explodierenden Sterns die Oberfläche des Mondes fortbrennen. Alle Zeichen von Leben, die dort existieren, werden von den Flammen verschlungen werden.

Natürlich war Lupal nicht immer eine Welt am Rande der Auslöschung. Im Zeitalter der Alten Republik, bevor der Stern brach und die Sonneneruptionen begannen, da war Lupal ein Paradies von beispiellosem Ruf. Im Laufe von vielen Jahrtausenden war eine große Zivilisation auf dem Mond herangewachsen und erblüht, eine hoch entwickelte Kultur, die Kunst und Ästhetik, Philosophie und Toleranz liebte. Die einheimische Völkerschaft von Lupal tat sich als eine der großen Zivilisationen ihrer Zeit hervor, aber sie war so zufrieden, so friedlich, so in sich gekehrt, dass sie es nie für nötig hielt, zu den Sternen zu reisen oder Kolonien auf anderen Welten zu gründen. Folglich waren die Bewohner von Lupal völlig unvorbereitet auf den kommenden Schrecken, als das Herz ihrer Sonne brach. Manche glauben, dass der Stern die Verwüstung nicht ertragen konnte, die brutale Kriege über die ganze Galaxis gebracht hatten.

Diese frühen, schrecklichen Eruptionen der verletzten Sonne zwangen die Zivilisation von Lupal in die Knie. Zuerst wurde der Mond in ein brutales blutrotes Licht getaucht – der erste Vorbote der kommenden Zerstörung. Dann kamen die atmosphärischen Störungen und die Strahlung. Jene, die nicht sofort starben, flohen auf von benachbarten Welten entsandten Evakuierungsschiffen, aber die Zahl dieser Überlebenden war gering und sie verloren sich zwischen den Sternen. Von ihrer einst großen Kultur blieb nichts übrig außer Erinnerungen und Asche.

Heute liegt Lupal in Trümmern – überwuchert, angefüllt mit den Ruinen der großen Städte, die sich einst auf seiner Oberfläche erhoben. Eine unbewohnbare, verlassene Welt, die vor langer Zeit schon ihrem Schicksal überlassen wurde. Doch der frühere Ruhm des Mondes ist noch immer stark genug, um dann und wann Forscher und Glücksritter anzulocken, von Schatzjägern und Historikern bis hin zu Abenteurern und Archäologen.

Unsere Geschichte dreht sich um eine solche Gruppe von

Abenteurern, die die Geheimnisse dieses lange verlorenen Volkes enthüllen – und ihre verbliebenen Schätze finden – wollte, weshalb sie zu einer Expedition nach Lupal aufbrach. Die Abenteurer trotzten allen Warnungen, völlig fixiert auf Ruhm, Wissen und Reichtum.

Zunächst schien es, als wäre das Glück auf ihrer Seite, denn die Anführerin der Expedition, ein Mensch namens Fionn Tucat, hatte alles genau geplant. Sie hatte den Rhythmus der Sonneneruptionen studiert, um den geeignetsten Zeitraum für die Reise nach Lupal zu finden.

So landete die Expedition, angeführt von Tucat und ihrer Partnerin Romina Foss – der Rest des Teams bestand aus einem einäugigen Lasat, den alle Borzul nannten, einem Togruta namens Cavrolo Sys, dem Shistavanen Kordus Vrak und den zwei Ausgrabungsdroiden HCT-10 und RF-U5 –, auf einer Ebene am Rande der zerstörten Stadt Thrass, wo sie rasch ein Lager aufschlugen.

An diesem Tag lief alles glatt, und schon bald begannen die Droiden, das Gebiet zu erkunden und die umliegenden Ruinen zu kartografieren. Aufgrund der Strahlung, die von der verletzten Sonne ausging, war ein Großteil der Ausrüstung, die das Team mitgebracht hatte, nutzlos. Die Lang- und Kurzstreckensensoren erwiesen sich als unzuverlässig und aus den Komlinks drang nur Rauschen und Knistern. Nichtsdestotrotz war die Stimmung euphorisch, denn die Reichtümer, von denen sie alle so lange schon träumten, waren nun endlich in Reichweite. Gewiss würden sie in den Ruinen der sagenumwobenen Stadt reiche Beute machen.

In dieser Nacht stellte sich jedoch heraus, dass Tucat das An- und Abschwellen der Sonneneruptionen falsch eingeschätzt hatte. Der gesamte Himmel färbte sich rot und badete die Oberfläche des Mondes in einen dunklen, unheilvollen Farbton. Das war ein böses Omen, denn Foss hatte Geschichten über solche blutroten Eruptionen gehört, und sie wusste, dass sie angeblich den Geist von Lebewesen befielen und ihre Träume mit Schrecken füllten. Viele Expeditionen, die vor ihnen nach Lupal aufgebrochen waren, hatten in einer Katastrophe geendet, und nicht selten wurde ihr Scheitern dem seltsamen Einfluss des roten Lichts zugeschrieben. Tucat und die anderen hatten diese Geschichten ebenfalls gehört, sie aber schnell als Panikmache abgetan. In ihren Augen waren es Märchen, verbreitet von Abenteurern, wie sie selbst welche waren, und ihr einziger Zweck bestand darin, andere von den Schätzen des Mondes fernzuhalten.

Im Laufe des Abends wurde jedoch schnell klar, dass die Eruptionen mehr als nur unheimliches Licht mit sich brachten, denn irgendetwas an diesem seltsamen flackernden Schein schien tatsächlich die Stimmung der Gruppe zu beeinflussen.

Anfangs war es wenig mehr als ein Gefühl wachsender Anspannung und eine generelle Unzufriedenheit mit den anderen Mitgliedern des Teams. Jeder stellte plötzlich die Motive seiner Kameraden infrage und kritisierte ihre Arbeit, sei es durch leise gemurmelte Kommentare oder bissige Bemerkungen hinter dem Rücken des Betreffenden. Zunächst ließ sich das mit einfacher Erschöpfung erklären, schließlich lag eine lange und anstrengende Reise hinter ihnen, und sie hatten bereits viel Zeit miteinander verbracht. Doch schon bald wurde klar, dass es eine andere Bewandtnis mit diesen Gedanken hatte.

Keiner spürte das deutlicher als Vrak, der Shistavane. Trotz seines wolfsartigen Aussehens war er der Sanftmütigste und

Ruhigste in der gesamten Gruppe. Für ihn war es höchst ungewöhnlich, dunkle Emotionen zur Schau zu tragen. Doch das rote Licht hatte etwas Urtümliches tief in seinem Innern geweckt, und während er einen Rundgang um das Lager machte, stiegen wilde Triebe in ihm hoch. Er kämpfte jedoch dagegen an, denn er wusste, dass er solch schreckliche Instinkte nicht an die Oberfläche kommen lassen durfte.

Später am Abend, als sich das Team um die kleine Feuerstelle versammelte, welche sie auf der Ebene gegraben hatten, gerieten Borzul und Vrak aneinander. Eigentlich war es nur eine harmlose Meinungsverschiedenheit darüber, wer die erste Wache übernehmen sollte, aber es eskalierte zu einem hitzigen Streit. Bevor die anderen dazwischengehen konnten, hatte Vrak Borzul bereits schwer beleidigt und ihn nach hinten geschubst, sodass der Lasat über eine umgekippte Säule stolperte und rücklings auf den Boden fiel. Das entlockte Borzul ein wütendes Brüllen, das man vermutlich noch in mehreren Kilometern Entfernung hätte hören können – wenn noch irgendjemand anderes auf diesem verlassenen Mond gewesen wäre. Sys und Tucal schafften es mit Müh und Not, die streitenden Freunde zu trennen, denn der Zorn des seltsamen Lichts hatte sie nun beide erfasst und drängte sie zu Gewalttaten.

Bald darauf zog sich der Lasat in seinen Schlafsack zurück, um eine weitere Konfrontation zu vermeiden. Die anderen stimmten überein, dass ihnen eine Mütze Schlaf ebenfalls guttun würde. Die Anstrengung der Expedition und die unerwartete Rückkehr der Sonneneruptionen hatten ihnen schwer zugesetzt. Vrak war beschämt und besorgt, weil er so aggressiv auf Borzul losgegangen war, also übernahm er die erste Wache und stapfte weiter um das Lager herum, während die anderen schliefen. Dabei konzentrierte er sich ganz darauf, seine wilden Impulse im Zaum zu halten.

Am nächsten Morgen zerplatzte die Hoffnung, dass nun alles wieder in Ordnung sei, denn sie fanden Spuren am Rande des Lagers, die auf einen Kampf hindeuteten. Das Gras war durch hektische Bewegungen platt getrampelt, und da waren rostfarbene Flecken auf dem Boden, die von Blut zu stammen schienen. Borzuls Blaster lag wie verloren neben einem Haufen kleiner Felsbrocken.

Sie suchten hastig die Umgebung ab, aber Borzul war nirgends zu sehen. Der erste Verdacht fiel natürlich auf Vrak, doch sie fanden den Shistavanen in seinem Schlafsack vor. Er hatte sich in der Nacht wie geplant mit Sys abgewechselt und wollte nichts von Borzuls Verschwinden wissen. Schließlich einigten sie sich auf die Theorie, dass der Lasat frühmorgens aufgestanden und in die Ruinen losgezogen sein musste, um sich umzusehen oder zu jagen – oder vielleicht auch nur, weil er unter den Auswirkungen der Sonneneruptionen litt und allein sein wollte.

Sie beschlossen, nach ihm zu suchen, nur um sich zu vergewissern, aber die Scanner wollten noch immer nicht funktionieren und die Ruinen waren zu zahlreich und zu überwuchert, um eine effektive Suche durchzuführen. Nicht mal die Droiden konnten den Weg finden, den der Lasat genommen hatte. Er war einfach verschwunden, und die einzige Spur, die er hinterlassen hatte, war ein Fleck platt getretenen Grases am Rand ihres Lagers.

Die Stimmung unter den verbliebenen Teammitgliedern war bedrückt. Sie zeigten sich misstrauisch, und ihre Beratungen darüber, was sie tun sollten, entzündeten schon bald eine hitzige Debatte. Tucat und Foss waren dafür, das Suchgebiet auszuweiten, aber Vrak hatte Zweifel. Er glaubte, dass sein Wutausbruch am vorigen Abend Borzul vertrieben hatte. Er suchte das Gespräch mit Sys und erklärte ihm, sein Zorn wäre so intensiv, so überwältigend gewesen, dass er das nächste Mal vielleicht die Kontrolle verlieren würde. Falls sich die Sonneneruptionen fortsetzten wie bisher, sollten die anderen ihn vielleicht fesseln, um eine weitere Konfrontation zu vermeiden.

Tucat und die anderen wussten um die sanftmütige Natur des Shistavanen, und sie erkannten, dass er sich für die Ereignisse des Vorabends verantwortlich fühlte. Im Glauben, dass er vermutlich nur übertrieb und Borzul früher oder später von selbst zurückkehren würde, widmeten sie sich ihren Ausgrabungen. Wegen der Sonnenaktivität würde es mehrere Tage dauern, bis man den Mond wieder sicher verlassen konnte, darum hatten sie beschlossen, dass sie ebenso gut mit ihrer Mission weitermachen konnten. Doch sie erklärten sich zumindest bereit, Vorsichtsmaßnahmen zu ergreifen. Jeder bekam eine andere Aufgabe zugeteilt, um Spannungen zu vermeiden. Sie würden nur zusammenkommen, um zu essen. Auf diese Weise, so hofften sie, könnten sie mögliche Konflikte untereinander minimieren.

Es wurde Abend und noch immer war Borzul nicht ins Lager zurückgekehrt. Nun machte Tucat sich doch allmählich Sorgen. Falls der Lasat in die Ruinen von Thrass davonmarschiert war, konnte er in eine gefährliche Situation geraten sein. Oder schlimmer noch, was, wenn sich in der Nähe eine andere, skrupellosere Expedition herumtrieb, die Borzul letzte Nacht entführt hatte? Oder konnte der Lasat womöglich das Opfer einer unbekannten Kreatur geworden sein, die den Mond ihr Zuhause nannte?

Eine weitere Suche war allerdings ausgeschlossen, denn die Sonneneruptionen ereigneten sich inzwischen immer regelmäßiger und die Trümmerlandschaft von Thrass – und mit ihr das Lager der Gruppe – wurde in ein dunkles Licht von der Farbe vergossenen Blutes getaucht.

In diesem roten Glühen begann Vrak einmal mehr, am Rand des Lagers auf und ab zu gehen. Bei jeder Eruption der verletzten Sonne spürte er, wie sich ihm das Fell aufstellte und seine animalischen Instinkte ihn zu überwältigen drohten. Alle Versuche, sie zu ignorieren, scheiterten kläglich, und schon bald waren seine Sinne erfüllt vom Geruch frischen Blutes und warmen Fleisches. Der kleine Teil seines Bewusstseins, der sich noch immer an den Fetzen der Zivilisiertheit festklammerte, wünschte, dass seine Freunde auf ihn gehört und ihn gefesselt hätten. Denn er wusste ohne jeden Zweifel, dass er diesen Kampf mit seinen Instinkten verlieren würde.

Und tatsächlich, als die Eruptionen weiter an Kraft gewannen, wurden auch Vraks Triebe stärker, bis er sie schließlich nicht länger im Zaum halten konnte. Er warf den Kopf in den Nacken und stieß ein angsterregendes Geheul aus, seine Augen rot glänzende Schlitze in dem unheimlichen Licht. Er war nun ganz wildes Tier, getrieben von primitiven Trieben, welche die Sonne in ihm wachgerufen hatte, und diese Bestie, die einmal Vrak gewesen war, fiel in blindem Zorn über das Lager her.

Sein erstes Opfer war der Droide HCT-10, dessen industrielle Servomotoren Vraks brutaler Kraft nicht gewachsen waren. Der wild gewordene Shistavane drehte dem Droiden die Arme aus den Gelenken und schlug auf seinen Kopf ein, bis er auseinanderbrach. HCT-10 ging in einem Schauer aus Funken und verzerrten Hilferufen zu Boden.

Als Nächster war Sys an der Reihe. Er starrte mit schreckgeweiteten Augen zu dem Shistavanen hoch, als dieser in sein Zelt stürmte. Zu spät wurde ihm klar, dass es besser gewesen wäre, den Instinkten seines Freundes zu vertrauen und ihn irgendwo festzubinden. Dies war Sys' letztes Bedauern, bevor die wilde Bestie über ihn herfiel. Sekunden später war es bereits vorbei.

Aufgeschreckt vom lautstarken Wüten des Shistavanen war Foss aus ihrem Schlafsack gekrochen, in der Hand den Blaster, den sie zu Beginn neben ihren Sachen versteckt hatte. Sie schlich aus dem Zelt, spähte in das rote Licht hinaus, um nach dem Monster zu suchen, das offenbar ihr Lager angegriffen hatte. Als sie Vrak erblickte, empfand sie zunächst Erleichterung – sicher war auch er aus seinem Zelt gekommen, um sie zu verteidigen. Doch als der Shistavane ihr raues Aufatmen hörte, wirbelte er herum. Seine Augen glühten hellrot, Blut tropfte von seinem Fell, und Foss erkannte voller Grauen, dass er derjenige war, nach dem sie Ausschau hielt – dieses schreckliche Monster, das in ihrer Mitte wütete.

Mit einem Grollen und gefletschten Zähnen sprang Vrak auf sie zu. Seine Krallen blitzten.

Foss schrie, während sie den Abzug ihres Blasters drückte. Der Schuss traf Vrak in die Schulter, und Rauch kräuselte sich aus der verkohlten Wunde, als er mit einem Jaulen zu Boden ging. Derweil drehte Foss sich um und rannte los, wobei sie Tucat zurief, dasselbe zu tun. Sie hielt auf die nahen Ruinen zu, in der Hoffnung, sich dort verstecken zu können, bis der

Effekt der Sonneneruptionen nachließ – oder zumindest einen Ort zu finden, wo sie sich gegen weitere Attacken des wild gewordenen Shistavanen verteidigen konnte.

Während sie rannte, hörte Foss, dass Tucat ebenfalls die Flucht ergriff, gemeinsam mit dem anderen Droiden, RF-U5, und sie war froh, dass ihre Warnung auf offene Ohren gestoßen war. Sie kletterte über die eingestürzte Mauer, die die Grenze von Thrass darstellte, und fand sich inmitten der Ruinen der einst großen Stadt wieder. Selbst in diesem Moment, in diesem roten Glühen, konnte man noch ihre einstige Pracht spüren, auch wenn die Gebäude in sich zusammengesunken, ihre Dächer eingestürzt und die Straßen zwischen ihnen blockiert und von Kratern übersät waren. Foss eilte eine solche Straße hinab, wobei sie immer wieder über Haufen zerbröckelnden Steins hinwegspringen, sich unter umgeknickten Säulen hindurchducken und zwischen verlassenen Gebäuden hindurchhuschen musste, in denen einmal Familien gelebt hatten.

Hinter sich konnte Foss die ganze Zeit über Vraks Schnüffeln hören. In den Wahnsinn getrieben durch das Licht der roten Sonne setzte er die Jagd selbst mit seiner verwundeten Schulter fort.

Die Nacht zog sich dahin, und Foss wagte es, sich eine Weile auszuruhen, den Rücken gegen die Mauer eines alten Ladens gelehnt, den Blaster fest in der Hand. Sie atmete hart und schnell und ihr Herz schlug wild in der Brust. Sie wusste, dass sie Angst haben sollte, aber das Einzige, was sie wirklich spürte, war eine intensive *Wut* über das Geschehene. Ihr war klar, dass dies der Einfluss des roten Lichts war, das jeden ihrer Gedanken und alles in ihrem Blickfeld einfärbte. Würde auch sie seinem Fluch erliegen, falls sie lange genug hierblieb? Nun wusste sie endlich, warum alle früheren Versuche, die Ruinenstädte zu erforschen, gescheitert waren. Das rote Licht war eine Art von Gift, ein böser Einfluss, der Freund gegen Freund, Partner gegen Partner aufbrachte.

Doch Foss war entschlossen, diesen Kampf zu gewinnen. Sie würde nicht zulassen, dass der Zorn Fuß fasste und wuchs. Nein, sie würde mit jedem Atemzug dagegen ankämpfen. Und sie würde es lebend von diesem Mond fortschaffen.

Aus den nahen Ruinen erhob sich ein Geheul, das Foss' Blut zu Eis gefrieren ließ, und sie schloss die Finger fester um ihren Blaster. Etwas bewegte sich links von ihr. Sie drehte sich, stieß sich von der Wand ab und schwenkte den Blaster herum – nur um festzustellen, dass es Tucat und RF-U5 waren, die am anderen Ende einer nahen Gasse auftauchten. Erleichtert ließ sie den Blaster sinken und winkte die andere Frau herüber. Tucat wirkte müde und schien am Ende ihrer Kräfte zu sein. Sie war unbewaffnet, außerdem zog sie beim Gehen ein Bein nach – vermutlich hatte sie sich in den Ruinen den Knöchel verdreht. Oder Vrak hatte sie irgendwann während ihrer Flucht eingeholt. Foss ging ihr entgegen, dankbar, dass sie sich nun nicht mehr allein durch die Ruinen kämpfen musste.

In diesem Moment sprang das Ding, das einmal Vrak gewesen war, aus dem oberen Stockwerk eines nahen Gebäudes herab, eingerahmt vom harschen roten Licht der Bluteruptionen. Eine Bestie mit Schaum vor dem Maul, die nur an die Jagd dachte.

Foss schrie, als Vrak auf Tucat losging. Die andere Frau war entschlossen bis zum Schluss und hob die Fäuste, um sich zu verteidigen und das wilde Tier in Schach zu halten. Foss versuchte, freies Schussfeld zu bekommen, aber es war sinnlos. Die Gasse war zu schmal, und sollte sie Vrak verfehlen, würde sie vermutlich Tucat treffen. Ihre Augen brannten vor Tränen, als sie verzweifelt mitansehen musste, wie Vrak ihre Freundin angriff. Die Krallen der Kreatur glänzten im Mondlicht, und sie hörte, wie Tucat ihr zurief, sie solle fliehen.

Übermannt vom eigenen Überlebensinstinkt rannte Foss los. Sie stürmte durch die zerstörte Stadt, ohne darauf zu achten, dass sie sich an den Trümmern die Kleider zerriss und die Beine aufschürfte. Hinter ihr flog der Droide auf einem Schweif aus Raketentreibstoff dahin. Er verbrannte seine letzten Reserven, um mit Foss mitzuhalten und vor dem Shistavanen zu bleiben, der ihnen in vollem Sprint nachsetzte und dabei ein blutrünstiges Geheul anstimmte.

Foss wusste, dass ihre einzige Hoffnung darin bestand, das Schiff zu erreichen. Sie würde das Risiko eingehen und durch die Sonneneruptionen fliegen müssen, um das System zu verlassen, denn sie wusste: Solange sie auf dem Mond blieb, war sie in Gefahr – und zwar nicht nur durch Vrak, sondern auch durch den schrecklichen Einfluss der Sonne auf ihren eigenen Verstand.

In der Ferne erhob sich das Schiff, ein schimmerndes Leuchtfeuer auf der flachen Ebene. Sie konnte hören, dass Vrak immer näher kam, und sie trieb sich weiter an, einen Fuß vor den anderen zu setzen. RF-U5 hatte sie inzwischen überholt. Offensichtlich erkannte er, was sie vorhatte, denn er öffnete die hintere Luke des Schiffs und fuhr alle Systeme für den Start hoch. Noch ein paar Schritte und sie wäre an Bord.

Foss spürte, wie ihr das Monster auf den Fersen war, spürte, wie seine Krallen ihre Kleider streiften – und dann ertönte ein

Brüllen aus der Dunkelheit vor ihr. Sie konnte gerade noch seitlich ausweichen, als Borzul heranstürmte und den Shistavanen rammte, sodass sie beide auf dem Boden landeten. Sie rollten über das felsige Terrain, knurrend und geifernd, und schlugen und traten aufeinander ein. Borzul versuchte dabei, den Shistavanen auf dem Boden festzunageln, und Vrak versuchte, dem Lasat, der ihm zuvor entkommen war, den Rest zu geben.

Foss war so verblüfft, dass sie stolperte und hinfiel. Ihr Ellbogen prallte so hart auf den Boden, dass sie einen lauten Schmerzensschrei ausstieß. Doch sie kroch weiter, fort von dem brutalen Kampf, der hinter ihr tobte, und auf das Schiff zu. Sie konnte bereits den Lufthauch der Triebwerke spüren, als RF-U5 die Kontrollen aktivierte. Die offene Luke war nur ein paar Meter entfernt.

Da hörte Foss Borzul ächzen, und sie drehte gerade noch rechtzeitig den Kopf, um zu sehen, wie Vrak seine Fänge im Unterarm des Lasats versenkte und den Kiefer mahlend hin und her schob. Borzul wankte, aber als Foss ihm ins Auge blickte, sah sie nur Entschlossenheit darin. Er hob die andere Hand und deutete auf das Schiff. Er würde versuchen, ihr Zeit zu verschaffen. Also schleppte Foss sich stolpernd weiter, die letzten Meter auf die Rampe zu und dann mit einem Schrei der Anstrengung in den Frachtraum hoch. Ihr Atem war rau, als sie nach vorne ins Cockpit eilte, wo sie sich mit schmerzverzerrtem Gesicht in den Pilotensessel fallen ließ.

Neben ihr piepte RF-U5 nervös vor sich hin und drängte sie, endlich zu starten. Sie griff nach den Kontrollen, und das Schiff hob ab, um gleichmäßig über der Oberfläche emporzusteigen.

Auf der Ebene unter ihnen kämpften der Lasat und der Shistavane weiter, wobei sie eine kleine Staubwolke aufwirbelten.

Blut sprenkelte den trockenen Boden, und einen Moment lang schien es, als habe Vrak die Oberhand gewonnen, aber Borzul erwies sich als der Stärkere, und mit einem letzten Schrei schleuderte er den Shistavanen von sich. Anschließend sprang er auf die Füße und rannte los.

Foss ignorierte RF-U5s alarmiertes Geträller und riss das Schiff herum. Sie steuerte es dicht über der Ebene dahin, und als es nahe genug war, sprang Borzul vom Boden hoch und griff nach der Rampe. Während er sich an Bord hochzog, gab Foss vollen Schub auf die Triebwerke und jagte spiralförmig in den Himmel empor. Das Letzte, was Foss von dem unheilvollen Mond sah, war Vrak, der allein auf der Ebene stand und seinen Zorn hinausbrüllte. Das lang gezogene Heulen war selbst über das Brummen des Schiffsantriebs hinweg noch hörbar.

Borzul, Foss und RF-U5, den einzigen Überlebenden dieser verfluchten Mission, gelang die Flucht in den Orbit, und sie ließen den verhängnisvollen Mond hinter sich, um die aufgedunsene, sterbende Sonne zu umrunden. Ein Gefühl spürbarer Erleichterung breitete sich zwischen ihnen aus, als sie sich im Cockpit zurücklehnten. Doch es wich schnell wieder, als das Glühen einer weiteren Sonneneruption das Sichtfenster füllte.

Foss riss die Hände hoch, um ihr Gesicht vor dem seltsamen roten Licht abzuschirmen. Borzul jedoch drehte sich zu ihr herum, eine Hand auf die blutende Wunde an seinem Arm gepresst. Sein Auge war zu einem Furcht einflößenden Rotton verfärbt und er fletschte in einem schrecklichen, wilden Knurren die Zähne.

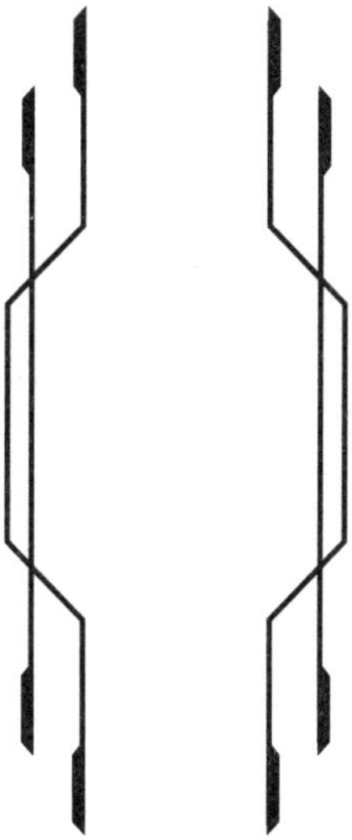

DER DUNKLE SPIEGEL

Einst gab es einen Jedi-Padawan mit Namen Sol Mogra, dessen Meister, Nil Idyth, ein solcher Inbegriff von Tugend und Anstand war, dass er im ganzen Jedi-Orden als der aufrechteste Jedi-Ritter seiner Zeit galt. Der Ruf von Meister Idyth war tadellos und gänzlich unbefleckt. Im Laufe seines langen, glorreichen Wirkens hatte er stets sein Bestes gegeben und sich nie etwas zuschulden kommen lassen. Von seinen ersten Tagen als Padawan im Jedi-Tempel auf Coruscant bis zu seinen späteren Jahren als Meister auf den wichtigsten Missionen hatte er immer nur auf die bestmögliche Weise von sich reden gemacht und galt für alle im Orden als leuchtendes Vorbild.

Tatsächlich waren Idyths Erfolge ein beliebtes Thema bei den Jünglingen, die abenteuerliche Geschichten rings um seine größten Taten spannen, wie etwa darüber, wie er im Alleingang den Eismond Basath von bösen Besatzern befreite, die Sumpfgeister von Phandas besiegte und den mörderischen Schrecken zur Strecke brachte, der einst auf der Suche nach Opfern die unteren Ebenen von Coruscant heimgesucht hatte. Dies waren nur einige der Triumphe, die Idyth errungen hatte, zumal die meisten niemals niedergeschrieben oder sonst wie dokumentiert worden waren, denn der Jedi-Meister strebte nicht nach Ruhm und Ehre. Das war auch einer der Gründe dafür, dass er seine bedeutendsten Siege nur mit dem Jedi-Rat teilte und sonst mit niemandem. Doch ungeachtet seiner Bescheidenheit galt Idyth unter seinesgleichen als großer Held und seine Reputation war unübertroffen.

Als Idyth den jungen Sol Mogra zu seinem Padawanschüler erkor, schwoll Sols Herz vor Stolz schier an, denn er wusste, dass er nun die allerbeste Ausbildung bekommen würde, die der Orden überhaupt zu bieten hatte. Allein schon, mit einem solch vortrefflichen Meister in Verbindung gebracht zu werden, würde ihm unter den anderen Padawanen und den Jünglingen einigen Respekt einbringen.

In der Tat erwies sich Sol Mogras Ausbildung als gleichermaßen intensiv wie bereichernd. Meister Idyth hatte keine Scheu, seinen Padawan mit allen Schrecken der Galaxis zu konfrontieren. Er ermutigte Sol Mogra dazu, ihn auf gefährlichen Missionen für den Jedi-Rat zu begleiten und sich allen möglichen Ungeheuern zu stellen, sowohl im übertragenen als auch im wahrsten Sinne des Wortes. Denn Idyth war davon überzeugt, dass man, um seine Ängste wahrhaftig zu überwinden, seinem Herzen einen dunklen Spiegel vorhalten müsse. Nur so könne man die Gefahren eines schlecht geführten Lebens erkennen und zurückschrecken vor den Wegen, die man auf keinen Fall einschlagen sollte, und den Entscheidungen, die man besser nicht traf. Nur wer den Pfad zur dunklen Seite kannte, könne wissen, wie man ihn am ehesten mied. So lernte Sol Mogra die Traditionen der Jedi und wurde schließlich genauso tugendhaft wie sein Meister.

Im Laufe der Jahre sog Sol Mogra all diese Lektionen begierig in sich auf. Alles, wonach er strebte, war, seinen Meister mit Stolz zu erfüllen und zu beweisen, dass Idyths Glauben an ihn berechtigt war. Der Rat der Jedi war voll des Lobes für ihn und verfolgte voller Zufriedenheit, wie er von einem zwar aufrichtigen, aber törichten Jungen zu einem würdigen jungen Mann heranwuchs. Tatsächlich war der Rat bald darauf der Meinung, Sol sei inzwischen dazu bereit, allein auf Missionen geschickt zu werden. Jedes Mal, wenn er erfolgreich zurückkehrte, war Idyth unglaublich stolz auf ihn, und jedes Mal, wenn er mit weniger Erfolg heimkehrte, war er da, um seinen Padawan zu trösten und zu unterstützen.

Eines Tages, als Sol Mogra wieder einmal von einem Auftrag zurückkehrte, kam ihm unmittelbar nach seiner Ankunft Getuschel zu Ohren, dass sein Meister in seiner Abwesenheit verstorben war. Verzweifelt, voller Trauer und Unglauben, eilte er durch den Tempel, trotz allem von der Hoffnung erfüllt, dass sich die Gerüchte als falsch erwiesen.

Doch wie sich zeigte, waren sie es nicht, und als Sol Mogra in die Ratskammer stürmte – noch immer über und über besudelt von Sumpfschlamm und mit einer klaffenden Wunde am linken Oberschenkel –, musste er zu seinem Entsetzen erfahren, dass sein Meister tatsächlich im Kampf gefallen war. Ja, schlimmer noch: Er war durch die Hand eines Attentäters gestorben, den ein Verbrecherboss geschickt hatte, der sich Idyths Lichtschwert als Trophäe an die Wand hängen wollte. Jedenfalls war es das, was dem Jedi-Rat zufolge hinter dem feigen Anschlag steckte.

Sol Mogra sank auf die Knie, von einem tiefen Gefühl des Verlusts und der plötzlichen Erkenntnis erfüllt, dass nicht einmal Idyth unsterblich gewesen war – dass er, Sol Mogra, als Padawan nicht jeden einzelnen Moment, den er mit seinem Meister verbringen durfte, so ausgekostet hatte, wie er es hätte tun sollen, mehr oder minder überzeugt davon, dass Idyth immer für ihn da sein würde. Wenn selbst der Beste unter ihnen fallen konnte, was bedeutete das dann für andere wie Sol Mogra, die immer noch dabei waren zu lernen, richtige Jedi-Ritter zu sein? Wie sollten sie der Galaxis ohne Idyth den Schutz gewähren, den sie brauchte – oder sich selbst?

Der ganze Orden betrauerte Meister Idyths Tod und teilte in bekümmerter Erinnerung Geschichten über seinen Heldenmut, seine Tapferkeit und seine Ehrbarkeit. Trotzdem kehrte im Tempel keine Ruhe ein, denn Sol Mogra drängte den Rat, von Kummer getrieben, ihm zu erlauben, den Attentäter aufzuspüren, der seinen Meister getötet hatte und dann mit Idyths Lichtschwert geflohen war. Doch der Rat wusste, dass ein solches Unterfangen von vornherein zum Scheitern verurteilt war. Ja, mehr noch, sie waren nicht gewillt, ihn gegen einen Gegner antreten zu lassen, der so gefährlich war, dass nicht einmal Idyth ihn bezwingen konnte. Ganz abgesehen davon, dass Sol Mogra auf diese Weise weit vom Pfad der Tugend abkommen würde, auf den Idyth ihn so gewissenhaft gebracht hatte, wenn sie zuließen, dass sich der Padawan so von seinen aufgewühlten Emotionen beeinflussen ließ. Deshalb schickten sie eine Gruppe von Jedi los – nicht um Vergeltung zu suchen, sondern um dem Verbrecherboss, der hinter dem feigen Mord steckte, eine ernste Warnung zukommen zu lassen und Meister Idyths verschwundene Habseligkeiten wiederzubeschaffen. Sol Mogra indes drängte man, zum Meditieren im Tempel zu verweilen, und man ermutigte ihn, Frieden in der Macht zu suchen.

Jedi sind von Natur aus nicht sentimental, aber es gab etwas, das Idyth stets bei sich gehabt hatte: ein hölzernes Amulett, das er an einer Schnur um den Hals trug – ein antikes Relikt, hatte er seinem Schüler erklärt, das ihm einst von seinem eigenen verstorbenen Meister überlassen worden war. Sol Mogra hatte dieses Amulett schon lange bewundert, denn es besaß die Form eines Auges, mit einer Iris aus glühendem Kyber, das in das dunkle, gravierte Holz eingelassen war. Idyth hatte seine Kette niemals abgelegt – weder beim Training noch auf Missionen. Er war davon überzeugt gewesen, dass es sich dabei um ein Totem einer uralten, lange ausgestorbenen Spezies handelte, die einst die Galaxis bewohnt hatte, damals, vor dem Anbeginn der Zeit.

Idyth hatte verfügt, dass das Amulett im Falle seines Ablebens an seinen Padawan überging. So kam es, dass Sol Mogra in den Besitz der hochverehrten Reliquie gelangte, nachdem das Jedi-Team, das der Rat entsandt hatte, die Habseligkeiten seines alten Meisters schließlich auf dem Planeten Ixilix aufspüren und zum Tempel zurückbringen konnte.

Das Amulett erwies sich als einprägsame Erinnerung an die Lehren seines Meisters, und es zu tragen, verschaffte Sol Mogra zumindest ein gewisses Maß an Trost, fast als würde er sich nicht mehr ganz so einsam fühlen, wenn er die Kette um den Hals trug. Dann schien es Sol, als wäre sein Meister immer noch bei ihm, als wäre er die ganze Zeit über an seiner Seite, um ihm Kraft und Ermutigung zu spenden.

Ungeachtet seines tragischen Verlusts besserten sich die Umstände für Sol Mogra nicht lange darauf zusehends. Alle Missionen, die er im Auftrag des Jedi-Rates unternahm, erwiesen sich als voller Erfolg, und er bekam so manches Lob für sein Auftreten und die Art und Weise, wie er sich gab. Alle im Tempel meinten, dass die Ausbildung, die er genossen hatte, aller Ehren würdig war, ja, dass er sogar ein ausgesprochen tugendhafter Jedi sei, ganz wie der verblichene, viel betrauerte Idyth.

So verstrichen viele Jahre. Sol Mogra stieg rasch in den Reihen des Ordens auf. Es dauerte nicht lange, bis man ihn in den Rang eines Jedi-Ritters erhob, und dem Beispiel seines Meisters folgend, kehrte er dem Tempel eine Zeit lang den Rücken, um die Welten des Äußeren Rands zu bereisen und krisengebeutelten Völkern Frieden zu bringen. Und so wie bei Idyth vor ihm machte die Kunde von seinen Taten unter Jedi und Feinden gleichermaßen die Runde, denn in dieser ereignisreichen Zeit zerschlug Sol Mogra unter anderem eine Verbrecherorganisation, die gleich vier Systeme tyrannisiert hatte, meisterte die Prüfungen von Herakal und schlug im Alleingang einen Aufstand auf Eremond nieder.

Es dauerte fast ein Jahrzehnt, bis Sol Mogra schließlich in den Tempel auf Coruscant zurückkehrte, wo man ihn mit großer Wärme und viel Wohlwollen empfing. Bald würde er sich selbst einen Padawan nehmen und das Vermächtnis seines Meisters mit einer weiteren Generation teilen.

Doch just zu dieser Zeit begann ein dunkler Schrecken die unteren Ebenen Coruscants heimzusuchen – eine finstere Gestalt mit Umhang und Kapuze, die sich an zügelloser Gewalt weidete und eine Spur von Leichen hinter sich herzog. Die Bürger von Coruscant lebten in Angst, denn niemand wusste, wann dieser Mörder erneut zuschlagen würde und welche verkommenen Absichten er verfolgte. Die Angriffe wirkten willkürlich, jeder in einem anderen Distrikt, ohne irgendein erkennbares Muster, was Zeitpunkt, Tatort oder Wahl der Opfer betraf. Das Einzige, was alle Toten gemeinsam hatten, war, dass man ihnen die Kehle zerquetscht hatte – und dass der Täter kein Problem damit zu haben schien, nach jedem Mord in unmittelbarer Nähe des Tatorts gesehen zu werden. Ja, fast war es, als würde der Schurke die Jedi verhöhnen und herausfordern, ihn zu schnappen, indem er ohne jede Scheu direkt vor ihrer Nase zuschlug.

Aus diesem Grund wurde Sol Mogra beauftragt, den Behörden dabei zu helfen, diesen überheblichen Mörder schnellstmöglich dingfest zu machen. Außerdem sollte er mehr über den Hintergrund des Schurken in Erfahrung bringen – und über die Motive, die hinter seinen grausigen Taten steckten. Denn die Jedi waren davon überzeugt, dass hier irgendeine dunkle Macht am Werk war und nur die Besten unter ihnen fähig sein würden, dem Bösen auf die Schliche zu kommen.

So kam es, dass Sol Mogra sich tief in die Eingeweide der Stadt begab, auf die untersten Ebenen, wo er sich unter die Halsabschneider und Kopfgeldjäger, die Schmuggler und Ganoven mischte, die sich hier tummelten. Dort kamen ihm Gerüchte über ein gewisses Individuum zu Ohren – über eine Art Monster –, das diesen gefährlichen Straßen vor vielen Jahren einmal einen Besuch abgestattet hatte, und das wiederum erinnerte Sol Mogra an die Geschichten über Meister Idyth und wie er einen mordlustigen „Geist" aufgespürt und ausgeschaltet hatte, damals, bevor Idyth den Planeten für eine Weile verließ, um sich ganz der Selbstfindung und Meditation hinzugeben. Ungeachtet der Tatsache, dass sein Meister dem Schrecken seinerzeit ein Ende bereitet hatte, hatten die Leute das Phantom nicht vergessen, und nun waren sie begierig darauf zu erfahren, was sie getan hatten, dass diese böse Erscheinung nach all den Jahren wieder auftauchte – denn sie waren davon überzeugt, dass es sich bei dem Kapuzenträger und dem Schrecken von damals um ein und dasselbe Geschöpf handelte.

Sol Mogra kehrte in den Tempel zurück, wo er den Rat der Meister suchte, doch nur wenige erinnerten sich an konkrete Fakten bezüglich Idyths damaligen Nachforschungen, da er fast immer allein gearbeitet hatte. Außerdem lagen diese Ereignisse so weit zurück, dass sich die Wahrheit längst mit den so oft erzählten Geschichten darüber verwoben hatte. Idyth selbst hatte weder Tagebuch geführt, noch hatte er Aufzeichnungen über seine Missionen angefertigt. In seiner Bescheidenheit war er der Ansicht gewesen, dass dem Tun und Wirken eines einzelnen Individuums durch derlei eine zu große Bedeutung zukam, wo ein Jedi doch in Wahrheit nichts weiter als die Summe all dessen war, was vor ihm war, und allem, was nach ihm kommen würde – ein Gefäß der Macht, mit der jeder Jedi im Einklang zu sein versuchte.

Auf seinen nächtlichen Streifzügen durch die unteren Ebenen dachte Sol Mogra viel darüber nach, während er das Amulett berührte, das an der Schnur um seinen Hals hing, und sich nichts mehr wünschte als den weisen Rat seines Meisters. Doch ihm wurde keine Erkenntnis zuteil und die Verbrechen gingen weiter. Mittlerweile schlug der Mörder jede Nacht zu, und jeden Tag machten Berichte von neuen Sichtungen des Phantoms die Runde, doch keiner der Jedi-Patrouillen gelang es jemals, den Verbrecher auf frischer Tat zu ertappen oder ihn inmitten der allgegenwärtigen Menge auszumachen.

Noch nie zuvor hatte Sol Mogra die Bürde, in die Fußstapfen seines Meisters getreten zu sein, so deutlich gespürt wie nun, wusste er doch um das Vertrauen des Jedi-Rats in ihn: Er würde dem nächtlichen Grauen ein Ende bereiteten, genau so, wie es vor all den Jahren Meister Idyth gelungen war. Zum ersten Mal fragte Sol Mogra sich, ob es wirklich so eine gute Sache war, mit einem derart bekannten Helden des Ordens in Verbindung gebracht zu werden. Schließlich bedeutete es, dass er in allem, was er machte, stets mit seinem alten Meister verglichen wurde. Jede seiner Taten wurde im Lichte der Tatsache beurteilt, wer ihn im Weg der Jedi unterwiesen hatte.

Sol Mogra hatte sein ganzes Leben lang versucht, Idyths Beispiel gerecht zu werden – ja, ihn nach Möglichkeit sogar zu übertreffen –, aber nun grübelte er immer mehr darüber nach, ob es in Wahrheit nicht der Geist seines Meisters war, dem die Anerkennung für seine, Sols, Erfolge angerechnet wurde. Ständig hieß es, dass sein Meister ihn gut unterwiesen hatte, dass er dadurch, dass er Idyth so nacheiferte, zu einem wahren Spross des Ordens geworden war. Doch wo war sein Meister jetzt? Falls es Sol Mogra ungeachtet aller Bemühungen nicht gelang, den mordenden Kapuzenträger zu finden, würde man ihn dann als Versager betrachten, des Vermächtnisses seines Meisters unwürdig?

Natürlich wusste er, dass jeder Jedi über derlei Gedanken erhaben sein sollte, und er meditierte darüber und suchte Beistand in dem Amulett um seinen Hals, das dabei half, sein Wesen zu besänftigen und seinem Geist Klarheit zu schenken. Sein Meister hatte ihm dieses Relikt vermacht, als Zeichen für seinen Glauben daran, dass Sol Mogra sich des Amuletts als würdig erwies. Und hatte er das nicht auch ein ums andere Mal getan? War sein Wirken dafür nicht Beweis genug? Er hatte sein ganzes Dasein dem Zweck verschrieben, anderen zu helfen, dem Pfad der Jedi zu folgen, der Inbegriff all dessen zu werden, was den Jedi lieb und teuer war. So, wie Idyth es ihn gelehrt hatte, hatte Sol Mogra in die Dunkelheit geblickt und ihr angewidert getrotzt. Er hatte den Weg zur dunklen Seite nicht beschritten, allen Versuchungen widerstanden, und außer zu Idyth selbst, keine persönlichen Bindungen gepflegt. In seinem Herzen wusste er, dass er rein war, und während er so dasaß und nachdenklich das Amulett umklammert hielt, lösten sich all seine düsteren Gedanken nach und nach in Wohlgefallen auf, bis nur noch Frieden ihn erfüllte.

Trotzdem konnte Sol Mogra seine tiefe Frustration darüber nicht abschütteln, dass es ihm bislang nicht gelungen war, den Mörder dingfest zu machen. Alles, was er wollte, war, diesen Verbrecher zur Strecke zu bringen, seiner Herrschaft des Bösen ein Ende zu bereiten, und ihm wurde klar, dass er dafür die Hilfe der anderen Jedi brauchte. Vielleicht, sinnierte er, hatte er eine zu große Bürde auf sich geladen, um sie allein zu schultern. Vielleicht hatte er sich zu sehr darauf konzentriert, das zu tun, was sein Meister getan hätte, anstatt so an die Sache heranzugehen, wie er selbst es für richtig hielt. Deshalb sicherte er sich schließlich die Unterstützung zweier anderer Jedi, Kjus Androth und Petano Dreth.

Tagelang setzten sie ihre Nachforschungen fort. Das war das Einzige, was Sol Mogras Denken erfüllte, das Einzige, womit er sich beschäftigte. Und dennoch gingen die Morde weiter und immer mehr Leichen wurden entdeckt. Trotz der Hilfe der anderen Jedi kam er keinen einzigen Schritt voran. Sol Mogra wusste instinktiv, dass ihm etwas Wichtiges entging, irgendein Hinweis, der sie auf die richtige Spur brachte, um den Mörder zu identifizieren. Er war des Ganzen überdrüssig, und obwohl er seinen Missmut anfangs als Frust und übermäßige Anspannung abtat, änderte das doch nichts an den merkwürdigen Träumen, die ihn plagten, wann immer er sich schlafen legte.

In diesen Träumen streifte er durch die nächtlichen Straßen auf der Jagd nach der vermummten Gestalt, die ihm jedoch stets einen Schritt voraus blieb, sodass er sie niemals einholte. Er spürte, dass die Macht stark in dem Phantom war. Sie strahlte von dem Unbekannten ab wie Wogen des Hasses, eine brennende Aura, die die Stadt ringsum wie eine schlimme Krankheit infizierte. Sol Mogra tat sein Bestes, um den Schurken einzuholen, und griff nach dessen Schulter, doch jedes Mal wurde er in diesem Moment von unsichtbaren Händen zurückgestoßen, außerstande, sich gegen die dunklen Kräfte zu behaupten, die ihn auf Abstand hielten. Hilflos musste er mitansehen, wie sich der Mörder – der seiner Meinung nach eindeutig ein Mann war – sein nächstes Opfer aussuchte, die Hand danach ausstreckte und die Macht einsetzte. Das war der Augenblick, in dem er jedes Mal schreiend und schweißgebadet erwachte, überzeugt davon, dass gerade wieder ein Mord begangen worden war.

Als Sol Mogra nach einem dieser Träume ruckartig aus dem Schlaf aufschreckte, stellte er fest, dass sein Gewand in dieser Nacht irgendwie zerrissen worden war. Dabei hatte es auf seiner Patrouille am Abend weder eine Begegnung mit dem Phantom noch mit irgendwelchen anderen Übeltätern gegeben, und auch sonst fiel ihm beim besten Willen keine Gelegenheit ein, bei der seine Robe hätte Schaden nehmen können. Die einzig logische Erklärung, die ihm dafür einfiel, war, dass es irgendwie im Schlaf passiert sein musste. Vermutlich hatte er sich auf dem Höhepunkt seines Albtraums so mit den

Fingern in den Stoff gekrallt, dass er gerissen war. Damit war die Sache für ihn erledigt. Er stand auf und marschierte los, um zu sehen, ob neue Berichte über die Machenschaften des Mörders vorlagen.

Bald wurde klar, dass der Kapuzenträger erneut zugeschlagen hatte, und als er zum Tatort eilte, musste er zu seinem Entsetzen erfahren, dass Jedi Kjus Androth letzte Nacht auf Patrouille ermordet worden war. Das Kennzeichen des geisterhaften Phantoms war unverkennbar – Kjus' Kehle war zerquetscht worden. Doch es war etwas anderes, das Sol Mogras Aufmerksamkeit besonders erregte: ein Fetzen von einer Jedi-Robe, der sich neben dem Leichnam fand. Petano Dreth schien von dem Verbrechen so mitgenommen zu sein, dass er den schmutzigen Stofffetzen, der unbeachtet im Rinnstein lag, noch nicht bemerkt zu haben schien. Sol Mogras hingegen erkannte darin genau das, was es war – ein Stück seines eigenen Gewands! Verblüfft griff er unwillkürlich nach dem Amulett um seinen Hals – und zuckte zusammen, als vage Bilder aus seinem Traum in seinem Kopf aufflackerten. Für einen Moment färbte sein Blickfeld sich rot. Er sah, wie sich der Kapuzenträger in der Gasse auf Kjus stürzte, sah, wie sich die Augen des Jedi vor schockiertem Erkennen weiteten, sah, wie sich die ausgestreckte Hand des Mörders zur Faust schloss, genau als Kjus das Gewand des Phantoms packte – und mit wachsendem Entsetzen erkannte Sol Mogras, dass die Hand, die er da sah, *seine eigene* war.

Vor seinem geistigen Auge sah er, wie sich sein Umhang bauschte, als er im Dunkel der Gasse verschwand, spürte die wilde, unbändige Angst eines fliehenden Opfers, hörte, wie ein schriller Schrei durch die Nacht hallte. Er kniff die Augen zusammen, um den Schwall fürchterlicher Impressionen zu unterdrücken, die auf seinen Verstand einhämmerten, und das Grauen dessen, was sich seinen Blicken darbot, zu ignorieren. Doch er konnte nicht verhindern, dass ihn eine weitere Vision überkam – eine Vision von glühend gelben Augen, die sich in einem dunklen Fenster spiegelten, vom Geräusch panischer Schritte und von dem Adrenalin, das durch seine Adern toste, aufgepeitscht von der schieren Freude der Jagd. Und ihm wurde klar, dass seine Träume überhaupt keine Träume gewesen waren, keine Visionen, wie er gedacht hatte, sondern die verqueren Erinnerungen an seine eigenen grässlichen Taten, als er sich in den Straßen der unteren Ebenen seine Opfer suchte. Er wollte schreien, alles leugnen, doch er wusste, dass das die Wahrheit war. Er war die ganze Zeit über selbst der Mörder gewesen.

Entsetzt torkelte Sol Mogra rückwärts und ließ das Amulett los. Sofort schwand die Dunkelheit, sein Verstand klärte sich, und in diesem Moment erkannte er, dass das Relikt mit dem funkelnden Kyberauge der Grund für alles war, was er getan hatte – der Grund dafür, dass seine Seele einem Trümmerhaufen glich.

Das war also das große Geheimnis seines Meisters gewesen – dieses Amulett war zu einer Art Speicher für all die Wut, die Angst und die Zweifel geworden, die Idyth empfunden hatte. Anstatt sich diesen Dingen zu stellen, wie man es von einem Jedi erwartete, hatte Idyth sie tief im Innern des Relikts weggesperrt, um dem Universum allein die reine, tugendhafte Seite von sich zu zeigen. Während ihn alle als Inbegriff der Tugenden des Ordens priesen, hatten all diese dunklen Gefühle geschwärt und waren mit der Zeit immer finsterer und finsterer geworden, bis sie schließlich so mächtig wurden, dass das Amulett sie nicht länger im Zaum halten konnte. So kam es, dass Idyth am Tage als der selbstlose Jedi gedient hatte, als den ihn alle kannten. Doch des Nachts war er zu einem Geschöpf der Dunkelheit geworden und hatte die unteren Ebenen der Stadt heimgesucht. Idyth selbst war das geheimnisvolle Phantom gewesen, das er angeblich besiegt hatte, bevor er den Planeten verließ und zu anderen Welten reiste, wo er vor neugierigen Fragen sicher gewesen war.

Indem er nicht bloß das Amulett seines Meisters, sondern auch seine Lehren und Eigenarten übernahm – denn hatte nicht auch Sol Mogra des Öfteren in jenen dunklen Spiegel geschaut und seine dunkelsten Impulse verdrängt? –, war der Padawan wahrlich in die Fußstapfen seines Meisters getreten, hatte bei Tage Ruhm und Bekanntheit erlangt, um des Nachts seinen finstersten Emotionen nachzugeben.

Diese furchtbare Entdeckung und die grässliche Erkenntnis, welch schreckliche Taten er und sein Meister begangen hatten, zerschmetterten auch das Wenige, was von seiner Seele noch übrig war. Sol Mogra wusste, dass er seinen Jedi-Meistern niemals wieder unter die Augen treten konnte, denn er hatte auf ganzer Linie versagt, und die Scham und die Schande nagten an ihm, bereit, ihn zu verzehren, ihn von innen heraus zu verbrennen und ihn in ein Geschöpf reinen Hasses zu verwandeln. Und so tat er das Einzige, was er tun konnte: Er ergriff das Amulett, drückte es fest an sein Herz und ließ zu, dass die Dunkelheit, die darin wohnte, heraus- und sodann in ihn hineinströmte, um für alle Ewigkeit Besitz von ihm zu ergreifen. Dann floh er in die Nacht und ergab sich seinen schlimmsten Ängsten und seinem brodelnden Zorn.

Man munkelt, dass er noch immer irgendwo dort draußen ist, ein Geschöpf der Schatten, für alle Zeiten das Amulett umklammernd, das sein Verderben besiegelt hat, allein getrieben von seinen Begierden, die ihn weiter und weiter den Pfad der dunklen Seite hinabführen.

DER GOLDENE KÄFIG

Einst gab es einen Sith-Lord namens Darth Caldoth, dessen Handeln im Laufe seines langen, ereignisreichen Lebens ihm viele Feinde eingebracht hatte. Es gab viele im Galaktischen Kern, die guten Grund hatten, Caldoth und seine hinterlistigen Intrigen zu verabscheuen, von Jedi-Rittern bis hin zu seruleanischen Attentätern, von muldoreanischen Verbrecherlords bis hin zu den Sieben Königen von Illmuth. Sie wären allesamt würdige Gegner gewesen, aber keiner von ihnen war so durchtrieben und rachsüchtig wie die Nachtschwestern von Dathomir.

Die Schwestern der Nacht hatten schon vor langer Zeit begonnen, ihre Toten zu mumifizieren und sie in Säcke aus Tierhaut zu betten, welche sie dann an baumähnlichen Gebilden aufhängten, umgeben von Quasten, Knochen und ähnlichen Verzierungen. In Zeiten extremer Not konnten diese Nachtschwestern wiederbelebt werden, dann schälten sie sich wie albtraumhafte Schattenmotten aus den Leichenhüllen, um ihre lebenden Schwestern zu verteidigen.

Darth Caldoth war versessen darauf, das Geheimnis dieses Wiederbelebungsprozesses zu ergründen, darum wagte er eine riskante Exkursion auf den Friedhof der Nachtschwestern auf Dathomir. Als er von dort eine Leichenhülle entwendete und mit ihr die mumifizierten Überreste einer gefallenen Schwester, betrachteten die Hexen dies als kriegerischen Akt.

Doch die Nachtschwestern waren geduldig. Sie wussten, früher oder später würde der perfekte Zeitpunkt für ihre Rache kommen. Also schmiedeten sie Pläne und warteten, bis sie Darth Caldoth für besonders verwundbar hielten. Als er eine vernichtende Niederlage durch die Hand der Jedi erlitt, war es schließlich so weit.

Caldoth hatte von einem Fragment eines Freskos erfahren, das Aufschluss über die Altvorderen geben sollte und darüber, wie sie die Macht benutzt hatten. Dieses Fragment war aber von Jedi entdeckt und in ihren Tempel auf Bathoris gebracht worden. Also startete Caldoth einen Angriff auf diesen Tempel, entschlossen, sich im Chaos der Schlacht mit dem Artefakt davonzustehlen.

Der Überraschungsangriff begann vielversprechend, denn die Jedi hatten nicht mit einem so tollkühnen Manöver gerechnet, und Caldoth stand kurz davor, sein Ziel zu erreichen. Dutzende Tempelwächter waren gefallen, außerdem mehrere Jedi-Ritter, aber es gab einen in den Reihen der Jedi, der sich nicht zurückdrängen ließ. Sein Name war Bran Ath' Morath und der verwehrte Caldoth den Zugang zum innersten Heiligtum des Tempels. Er verstrickte den Sith in ein verzweifeltes Duell, bis weitere Jedi eintrafen und Caldoth den Rückzug antreten musste, wenn er nicht riskieren wollte, in Gefangenschaft zu geraten.

Caldoth war erschüttert, zum einen wegen der Niederlage, die ihm Bran Ath' Morath beigebracht hatte, zum anderen, weil er es nicht geschafft hatte, dieses Objekt, das er sosehr begehrte, in seinen Besitz zu bringen.

Die Hexen kamen zusammen und wählten sechs aus ihren Reihen aus, die sich anschließend einigen Prüfungen stellen mussten, um ihre geistige und körperliche Stärke zu beweisen. In einer Nacht brutaler Qualen wurden sie an Steinsäulen gefesselt und von den Geistern ihrer toten Schwestern drangsaliert. Sie durchlitten grauenhafte Halluzinationen und erlebten die Erinnerungen der Toten, und als es vorbei war, hatte nur eine von ihnen den Test bestanden. Diese Schwester, Zeldin, wurde von ihrer Säule befreit und fortgeführt, um sie auf die kommende Mission vorzubereiten.

Zeldin war noch jung – sie hatte gerade erst das Erwachsenenalter erreicht –, aber sie war stark, und die Ältesten des Zirkels hatten schon lange geahnt, dass sie zu Großem bestimmt war. Nichtsdestotrotz schlief sie unruhig, als sie sich von ihren Prüfungen erholte. Träume von Schmerz und Leid plagten sie, aber dabei ging es nicht um die Schmerzen, die sie durch die Hand der Geister erduldet hatte, sondern um die, die sie durch die Hand ihres Erzfeindes, Darth Caldoth, erleiden mochte. Sie fürchtete den Sith mehr als alles andere, doch sie wusste auch, dass es kein Zurück mehr gab, denn die Rache der Nachtschwestern war bedingungslos, und ein Versagen würde zu Qualen einer ganz anderen Art führen.

In der nächsten Nacht versammelte sich der Hexenzirkel einmal mehr, diesmal, um seine Unterstützung für Zeldin zu zeigen, während diese ein uraltes Ritual durchführte. Dabei versetzte sie sich selbst in eine tiefe Trance und übertrug ihre Gedanken in die Lebendige Macht. Ihre Aufgabe bestand darin, einen Weg in den Geist von Darth Caldoth zu finden, seine mentalen Barrieren niederzureißen und ihn aus der Ferne zu beeinflussen, auf dass der Sith-Lord tat, was immer die Nachtschwestern ihm befahlen. Das Ziel war simpel: Darth Caldoth von innen heraus zugrunde zu richten und ihn immer weiter auf seine Zerstörung zuzulenken.

Die Nachtschwestern wussten von Caldoths beeindruckender Macht und hatten entsprechend geplant. Wenn sich die Ranken von Zeldins Gedanken in Caldoths Geist hineingestreckt hätten, würde ihr Einfluss ganz subtil sein. Sie würde nichts tun, was Aufmerksamkeit auf sie lenken konnte, denn falls sie sich verriet, würde es das Ende bedeuten – für ihren Plan ebenso wie für ihren Zirkel. Wer Darth Caldoths Zorn auf sich zog, wurde unter einem Hagelsturm der Zerstörung begraben.

Ganz vorsichtig und angespornt von der Unterstützung ihrer Schwestern, gleichzeitig aber auch vor Nervosität zitternd, streckte Zeldin ihren Geist aus. Sehr zur Freude des Zirkels waren ihre bedachten Versuche der Einflussnahme mehr als erfolgreich, und es erwies sich als unerwartet einfach, Darth Caldoth zu manipulieren.

Eine ganze Weile fuhr Zeldin so fort, und indem sie immer wieder Entscheidungen in eine andere Richtung lenkte, änderte sie den Lauf von Darth Caldoths Leben. Mit der Zeit wuchs ihr Einfluss ebenso wie ihr Selbstvertrauen, denn obwohl sie immer direkter in seine Gedanken eingriff, schien Caldoth nichts davon zu bemerken. Seine Aufmerksamkeit war stets woanders.

Schließlich kam der Augenblick, diese Manipulation auf eine neue Stufe zu heben. Der Zirkel trat zusammen, um ein Weissagungsritual durchzuführen. Dabei griffen die Schwestern tief in die Macht hinein und suchten nach flüchtigen Einblicken in die Zukunft. Auf diese Weise, so hofften sie, würden sie alternative Wege finden, die Darth Caldoth näher an seinen Untergang heranführten. Eine Nachtschwester sah dabei einen jungen Twi'lek namens Ry Nymbis. Er war der ideale Kandidat, um Caldoths neuer Schüler zu werden und sich letztlich gegen seinen Meister zu wenden, um Caldoths Macht für sich selbst zu beanspruchen.

So begab es sich, dass Zeldin einmal mehr dem Geist des Sith-Lords zuflüsterte und ihn auf subtile Weise in die Nähe des Jungen führte. Zufrieden mit ihrer Arbeit beobachteten die Nachtschwestern nun aus der Ferne, wie der Schüler in die Geheimnisse der dunklen Seite eingeweiht wurde, wie er lernte, Zorn und Furcht als Waffe zu benutzen, und wie er Caldoth in seinem Bestreben half, mehr Wissen über die alten Künste zu erlangen.

Doch als Ry Nymbis älter wurde, wuchs auch sein Ehrgeiz, bis der Twi'lek schließlich – genau so, wie von den Nachtschwestern erwartet – den Punkt erreichte, an dem es ihn nach der Macht seines Meisters gelüstete. Zu Zeldins grenzenlosem Vergnügen stahl Ry Nymbis die Beschwörungen eines Rituals aus Caldoths Büchern, dann lockte er seinen Meister zu einem abgelegenen Felsvorsprung und setzte den uralten Zauber gegen ihn ein.

Unglücklicherweise schlug das Ritual fehl. Die Wirkung fiel auf den Beschwörer zurück und Ry Nymbis wurde zu Stein verwandelt. Caldoth war amüsiert über die Fehleinschätzung seines Schülers und ließ die erstarrte Gestalt an diesem Ort zurück – eine Warnung an all jene, die in Zukunft versuchen mochten, ihn zu hintergehen.

Die Nachtschwestern tobten vor Wut, denn all ihre Geduld war umsonst gewesen. Das konnte sie aber nicht von ihrem Plan abbringen, denn sie vergaßen nie und ihr Hunger nach Rache kannte kein Ende. Also wurde ein weiteres Weissagungsritual durchgeführt, und der Zirkel erblickte im Nebel der Alten eine neue Möglichkeit für einen Hinterhalt, welchen Zeldin umgehend vorbereiten sollte.

Caldoths Interesse am Wissen der Altvorderen war wohlbekannt – er hoffte, sich durch diese lange vergessenen Lehren die Kontrolle über andere anzueignen –, und er hatte viele Jahre seines Lebens mit der Suche nach den Relikten jener Völker verbracht, die vor Urzeiten schon aus der Galaxis verschwunden waren. Ihre Artefakte waren überaus selten und ließen sich oft nur unter großen Gefahren bergen, denn sie wurden durch Flüche, Fallen oder Wächter geschützt. Die Nachtschwestern hatten von einem solchen Artefakt erfahren: einem Totem, das viele Tausend Generationen alt war. Sie wussten nicht nur, dass es in den zerstörten Überresten eines Tempels auf dem sturmgepeitschten Mond Obsidia zu finden war, nein, die Vision hatte ihnen auch gezeigt, dass es vom Geist eines der alten Mönche bewacht wurde, welche einst den Tempel geführt hatten. Dieser war so stark in der Macht, dass selbst Caldoth völlige Auslöschung riskierte, sollte er den Mond besuchen.

Einmal mehr nahm Zeldin unauffällig Einfluss auf den Sith-Lord und führte ihn auf eine lange Entdeckungsreise, denn der Plan der Nachtschwestern konnte nur gelingen, wenn Caldoth wirklich glaubte, dass er durch eigene Forschung und Deutung auf die Existenz des Artefakts aufmerksam geworden war. Viel Zeit verging, während Zeldin ihn auf diesen Weg führte, sein Interesse stimulierte, seine Nachforschungen auf bestimmte Pfade lenkte – bis schließlich der große Durchbruch kam, als

Caldoth eine uralte Steintafel fand, die auf den Ruheort des Relikts hindeutete. Unverzüglich begann er, Reisevorbereitungen zu treffen, um es von Obsidia zu bergen. Zu keinem Zeitpunkt während seiner Forschung hatte er einen Hinweis auf den Wächtergeist gefunden, den die Schwestern in ihrer Vision gesehen hatten, und Zeldin spornte ihn weiter an, in der Hoffnung, dass der Sith nun endlich in ihre Falle tappen würde.

So kam es, dass Caldoth die lange, schwierige Reise in die Weiten des Wilden Raums antrat, um von dort mit einem Shuttle tief in die Unbekannten Regionen vorzudringen, zur Straße von Hibrath und darüber hinaus, bis zu guter Letzt Obsidia vor ihm lag.

Der kleine Mond kreiste um einen stürmischen Gasriesen, der sich seinerseits um eine schwache Sonne drehte, aufgedunsen und sterbend nach zahllosen Äonen. Der Druck der Gravitation riss den Gasriesen langsam auseinander, und die daraus resultierenden Stürme schüttelten den Mond – eine Kugel aus glänzendem schwarzem Fels – unermüdlich hin und her. Seine Umlaufbahn destabilisierte sich zusehends, und es war nur noch eine Frage der Zeit, bis er auf seinen Mutterplaneten hinabstürzen würde.

Dort also befand sich die Ruhestätte des Totems, die die Nachtschwestern in ihrem Ritual gesehen hatten, und dorthin führte Zeldin Caldoth, auf dass er es fand und bei dem Versuch, es an sich zu nehmen, unterging.

Caldoth bewies großes Geschick am Steuer seines Shuttles, als er es auf die Oberfläche des Mondes hinabflog und inmitten der weitreichenden Tempelruinen landete. Seine Nachforschungen waren überaus gründlich gewesen, und er wusste genau, wo er suchen musste. Zeldin wusste, dass es riskant war, den Sith so nah an ein derart mächtiges Relikt heranzulassen, aber sie wusste, sobald Caldoth versuchte, es an sich zu nehmen, würde sich der Wächtergeist zeigen und den nichts ahnenden Eindringling niederstrecken.

Das Totem lag in einer verzierten Nische in den Überresten des einstigen Tempels, der ansonsten völlig von Pflanzen überwuchert war. Wurzeln drückten die Steinplatten aus dem Boden, Gras und Ranken waren überall. Caldoth durchquerte diesen Abschnitt unbehindert, und die Schlingpflanzen und Zweige teilten sich vor ihm, als er mit funkelnden Augen auf das Relikt zuging.

In diesem Moment erkannte Zeldin, dass etwas nicht stimmte. Caldoth hatte die Nische erreicht, aber nun wirbelte er herum und zog eine große Phiole aus seiner Robe hervor. In der Sprache der Nachtschwestern sagte er die Worte eines uralten Bindungsrituals auf – ein Ritual, das außer den dathomirianischen Hexen eigentlich niemand in der Galaxis kennen sollte.

Der Wächtergeist – eine gigantische, unwirkliche Entität aus wirbelnden Dunstschwaden mit einem zähnefletschenden, krokodilartigen Gesicht – war bereits durch die Decke des Tempels herabgesickert. Er hatte sich hinter Caldoth manifestiert, bereit, ihn zu packen, bevor der Sith das Totem an sich nehmen konnte. Doch stattdessen wurde er von den Worten des Bindungsrituals überrascht, und er heulte, als seine Essenz in die Phiole des Sith-Lords hineingesaugt wurde. Schon bald wirbelte der geisterhafte Dunst hinter den gläsernen Mauern seines neuen Gefängnisses. Mit einem Lächeln verstaute Caldoth die Phiole wieder in seiner Robe, dann drehte er sich um und ging mit seiner Beute zum Shuttle zurück. Das uralte Totem blieb unberührt in seiner Nische liegen.

Zeldin tobte vor Enttäuschung, denn einmal mehr hatte Caldoth sich ihren Erwartungen widersetzt. Anstatt auf das Relikt hatte er es auf den Wächtergeist selbst abgesehen, vielleicht, um ihn zu befragen und mehr über seine ursprüngliche Form herauszufinden, ganz sicher aber, um ihn zu seinem Sklaven zu machen. Und dieses Ziel hatte er durch ein Ritual der Nachtschwestern erreicht. Zeldin konnte sich nicht vorstellen, woher der Sith dieses Wissen bezogen hatte.

Die Ungeduld des Zirkels wuchs, denn trotz fortwährender Versuche wurde der Erzfeind der Nachtschwestern nur noch stärker und mächtiger. Ein letztes Ritual wurde vollzogen, um Einblicke in Caldoths vermeintliches Schicksal zu gewinnen, und zu ihrer großen Freude sahen die Schwestern eine Vision, in welcher Caldoth von einem Lichtschwert durchbohrt wurde. Die Waffe gehörte niemand anderes als dem Jedi-Ritter Bran Ath' Morath, einem der wenigen, die Caldoth besiegt hatten, seit der Sith in den Fokus der Nachtschwestern geraten war.

Es wurde beschlossen, dass Zeldin Caldoth in eine letzte Falle locken sollte. Falls die Nachtschwestern den Jedi dazu bringen konnten, unwissentlich zum Werkzeug ihrer Rache zu werden, dann umso besser. Alles, was Zeldin tun musste, war, einen Wunsch in Caldoth zu wecken – das Verlangen, den Jedi zu schlagen, der ihm einst im Tempel auf Bathoris eine so schmachvolle Niederlage beigebracht hatte.

Diese Aufgabe erwies sich als denkbar einfach, denn Zeldin wusste alles, was es über Rachegelüste zu wissen gab. Sie drang in Caldoths Träume ein, schürte das Feuer seines Hasses und pflanzte den Samen eines Vergeltungswunsches, der in kürzester Zeit Früchte trug.

Bald darauf hatte Caldoth einen Plan geschmiedet. Er würde Bran Ath' Morath von Bathoris fortlocken, indem er auf der benachbarten Welt Kizan für Angst und Schrecken sorgte. Wenn Bran Ath' Morath erfuhr, dass er seine Hand im Spiel hatte, würde der Jedi sicherlich kommen, um zu beenden, was er einst begonnen hatte.

So kam es, dass Caldoth in aller Eile nach Kizan aufbrach, wo die Glastürme der Städte die Bäuche der Wolken kratzten und alles friedlich war. Dies war ein Ort des Wissens, wo Studenten aus allen Teilen der Galaxis die Philosophien unterschiedlicher Kulturen erlernten. Caldoth begann einen Feldzug, um den Jedi herbeizulocken, und wenige Stunden später war Pundith, die Hauptstadt der subtropischen Halbinsel, nur noch ein Feld aus Glassplittern und Trümmern. Caldoth hatte sorgsam darauf geachtet, bei diesem Angriff weithin sichtbar aufzutreten, wohl wissend, dass die Neuigkeiten sich schon bald bis zum Jedi-Tempel auf Bathoris herumsprechen würden. Da dieser Tempel der nächstgelegene war, würde er ganz sicher Hilfe schicken.

Und tatsächlich, schon bald tauchten Jedi-Schiffe im Orbit auf, und Caldoth – der in den Ruinen von Pundith auf ihre Ankunft wartete – grinste in dem Wissen, dass die Stunde seiner Rache gekommen war. Insgeheim gestattete sich auch Zeldin ein Lächeln, denn sie war sicher, dass Caldoths Schicksal nun besiegelt war. Die Nachtschwestern hatten es schließlich gesehen: Bran Ath' Morath würde den Sith-Lord mit seinem Lichtschwert durchbohren.

Vier Jedi waren gekommen und drei von ihnen fielen in schneller Folge Caldoths roter Klinge zum Opfer. Sie waren seinen Fähigkeiten und der Macht seines Zorns nicht gewachsen, ebenso wenig wie den brutalen Energieblitzen, die von seinen

Fingerspitzen stoben. Doch einer war nicht so leicht zu bezwingen. Bran Ath' Morath war tatsächlich nach Kizan gekommen, um seinen alten Feind zu stellen, und sein Können war dem des Sith-Lords absolut ebenbürtig. Caldoth schäumte, angetrieben von dem Hass, den die Nachtschwester in seinem Geist kultiviert hatte, und beschwor die ganze Macht der dunklen Seite.

Als die beiden Meister inmitten der schillernden Ruinen aufeinanderprallten, begann ein Tanz aus sich abwechselnden Paraden und Hieben, aus wirbelnden Ausweichmanövern und blitzenden Lichtschwertstößen. So verbissen war ihr Kampf, dass die Landschaft ringsum unter der freigesetzten Macht erzitterte, und so ausgeglichen, dass es schien, als müsse er ewig weitergehen. Sie sprangen und schwebten zwischen den eingestürzten Dächern, kreuzten ihre Klingen in schmalen Gassen, trieben einander durch die zerschmetterten Überreste einstiger Häuser.

Als das Licht schwächer wurde und der Tag in den Abend überging, wusste Zeldin, dass der finale Hieb nicht mehr lange auf sich warten lassen würde, denn sowohl der Sith als auch der Jedi zeigten Anzeichen der Erschöpfung. Und sie selbst war auch müde, so, als hätte allein das Betrachten des Duells ihr sämtliche Kraft und Entschlossenheit geraubt – so, als würden ihr eigener Hass und ihre eigene Furcht auf seltsame Weise in Caldoth hineinströmen.

Doch Zeldin konnte nicht ahnen, wie tief Caldoths Zorn saß oder wie sicher er sich seiner eigenen Überlegenheit war. Er wusste, dass dieser Kampf niemals enden würde, es sei denn, er überraschte seinen Widersacher. Also ließ er seine Waffe sinken und warf sich Bran Ath' Morath entgegen, um seine Schulter auf dessen gelber Klinge aufzuspießen.

Der Jedi blickte fassungslos nach unten, als sein Lichtschwert aus Caldoths Rücken austrat, aber das war das Letzte, was er sah, denn Caldoth hatte die erschrockene Reaktion des Jedi erwartet und hackte ihm mit einem blitzschnellen Schwung seiner roten Klinge den Kopf ab, dann sprang er nach hinten, verwundet, aber noch am Leben.

Auf Dathomir kreischte Zeldin vor Frustration, und die Nachtschwestern strömten herbei, um sie zu trösten, denn sie wussten, was nun getan werden musste, und sie wussten, wie viel es ihrer Schwester abverlangen würde.

Nach dem Gefecht auf Kizan trafen Zeldin und die anderen Hexen ihre Vorbereitungen. Eine gefühlte Ewigkeit hatte ein Teil von ihr in Darth Caldoths Geist gelebt, eine unmerkliche Präsenz, die beobachtete, beeinflusste und antrieb. Doch der Geduldsfaden der Nachtschwestern war gerissen. Es war Zeit, drastischere Maßnahmen zu ergreifen. Zeldin würde versuchen, ihren Griff um Caldoths Bewusstsein auszuweiten und die volle Kontrolle über seine Gedanken und seinen Körper zu erlangen. Sie würde Besitz von ihm ergreifen, und wenn er erst ein Gefangener der Nachtschwestern war, würde sie seinen endgültigen Untergang herbeiführen.

Als das Ritual begann, versammelte sich der gesamte Zirkel in den Höhlen, um Zeldin seine Kraft zu leihen. Sie griff mit ihrem Geist hinaus, erst ganz sanft, dann immer entschlossener, und grub sich tief in die Spalten und Ritzen zwischen Caldoths Gedanken, während er in seinem schwebenden Laborkomplex auf Athamar lag und schlief.

Doch Darth Caldoths Geist war stark, und Zeldin musste mehr und mehr Kraft aufwenden, um ihrem Ziel näher zu kommen. Schließlich war ihr Geist fast völlig aus ihrer körperlichen Hülle entwichen, um den Sith zu beeinflussen. Er wehrte sich verbittert und versuchte, sie in einem Duell der Sinne aus seinem Kopf zu verbannen. Doch Zeldin kannte Caldoth inzwischen gut, und sie wusste, wo seine Schwächen lagen – tatsächlich kannte sie seine Schwächen besser als ihre eigenen. Stück für Stück entriss sie ihm die Kontrolle und zu ihrer Erleichterung gab er allmählich nach. Seine mentalen Barrieren zerbröckelten. Sie jubelte innerlich, als er sich schließlich ihrem Willen beugte. Zeldin hatte nun volle Kontrolle über seinen Körper und seinen Geist.

Doch dieser Triumph währte nicht lange, denn noch während sie die Kontrolle übernahm, spürte sie, dass etwas nicht stimmte. Caldoth hatte ein bösartiges Lächeln aufgesetzt und Zeldin schreckte zurück.

In diesem Moment schlug er zu. In Wirklichkeit hatte Darth Caldoth nämlich die ganze Zeit über von Zeldins Präsenz in seinem Kopf gewusst, schon vom allerersten Mal an, als sie zögerlich in sein Bewusstsein eingedrungen war. Er hatte von ihrer Stärke und ihrem Wissen gezehrt, hatte sich das Bindungsritual zunutze gemacht, das tief in ihrem Geist vergraben lag, um den Geist auf Obsidia einzufangen, und er hatte ihre Kraftreserven angezapft, um den Kampf mit dem Jedi zu überstehen. Ja, in Wirklichkeit hatte er sie manipuliert. Er hatte gewartet, während sie immer zuversichtlicher wurde und immer tiefer in seinen Kopf vordrang, bis sie sich dadurch schließlich selbst angreifbar machte. Denn Darth Caldoths Fähigkeiten im Umgang mit der Macht überstiegen die der Nachtschwestern um ein Vielfaches, und nun setzte er sie ein, um einen goldenen Käfig um Zeldins körperloses Bewusstsein zu erschaffen. Er sperrte sie in seinem Geist ein, getrennt von ihrem Körper und unfähig, ihren grausamen Wirt je wieder zu beeinflussen.

Zeldin schrie voller Panik und Angst und versuchte verzweifelt, sich zu befreien, ihr Bewusstsein zurück in den eigenen Körper auf Dathomir zu transportieren, aber das Band war durchschnitten, und es gab kein Entkommen. Caldoths Griff war wie ein Schraubstock, und ganz gleich, wie oft sie sich auch gegen den Käfig warf, sie konnte weder seine Gedanken noch seine körperliche Form beeinflussen. Sie saß fest, in einem Gefängnis, das sie selbst erschaffen hatte, und es gab keine Hoffnung, dass sie je wieder frei sein würde. Alles, was sie noch tun konnte, war zu schreien.

Von diesem Tag an war Zeldin gezwungen, in jenem Käfig im Geist des Sith-Lords zu existieren, abgeschnitten von ihren Schwestern und der Außenwelt. Die anderen Nachtschwestern kamen ihr nicht zu Hilfe. Zu groß war ihre Furcht vor Darth Caldoths schrecklicher Macht. Zeldins Körper wurde in eine Leichenhülle gebettet und an demselben Gebilde aufgehängt, von dem Caldoth einst die mumifizierten Überreste ihrer Schwester gestohlen hatte. Niemand sollte je wieder von Zeldin hören – außer Darth Caldoth, der von Zeit zu Zeit ihren Schreien lauschte und schmunzelte.

EIN LEBEN OHNE TOD

Vor langer Zeit, als die Galaxis noch jung war und die Sterne hell und neu brannten, da lebte eine Sith mit dem Namen Darth Noctyss. Sie wurde gleichermaßen gefeiert und gefürchtet – denn auch wenn sie nur eine junge Frau war, machte ihre Macht sie einzigartig unter den Sith. Sie schnitt einen langen, gewundenen Pfad blutiger Zerstörung durch den Inneren Rand. Welten fielen unter der Sichelklinge ihres Lichtschwerts und die Ruinen der Zivilisation von Ivis dienten der Galaxis als Mahnmal ihres Hasses.

Noctyss' Fähigkeit, die dunkle Seite der Macht zu kanalisieren, schien beinahe grenzenlos zu sein, und alle, die sich ihr in den Weg stellten, bereuten es bitterlich – falls sie lange genug ihren Kopf auf den Schultern behielten. Man erzählte sich, dass Darth Noctyss während dieser frühen Tage mächtig genug gewesen wäre, um die gesamte Galaxis zu unterwerfen und ein brutales Reich der Sith zu errichten, das über Äonen Bestand gehabt hätte – wenn sie es nur wirklich gewollt hätte.

Doch obwohl Noctyss nur zu gut mit den Verlockungen von Herrschaft und Kontrolle vertraut war – so wie jeder, der sich der dunklen Seite hingibt –, war sie nicht immun gegen diesen Sirenengesang. Aber es gab nur eines, was sie *wirklich* interessierte: ihr eigenes Leben zu verlängern.

Welchen Nutzen, so argumentierte sie, hatte ein Königreich,

wenn sie nicht lange genug lebte, um es weiter zu beherrschen? Welchen Nutzen hatte all diese Macht, wenn sie am Ende doch nicht ausreichte, um den unausweichlichen, schleichenden Verfall des Alters aufzuhalten? Imperien konnten warten, denn wenn sie erst ihr eigentliches Ziel erreicht hatte – die Unsterblichkeit –, dann hätte sie alle Zeit, die sie nur brauchte, um die Galaxis zu erobern und sie nach ihren Wünschen neu zu formen.

So verbrachte Noctyss ihre Tage damit, dem ewigen Leben nachzuspüren. Sie suchte Relikte aus längst vergangener Zeit, bruchstückhafte Aufzeichnungen alter Völker, die einst die Geheimnisse der Macht gekannt hatten, inzwischen aber dem Kreisen der Gestirne und den langen Äonen zum Opfer gefallen waren. Sie weigerte sich, einen Schüler anzunehmen, und betrieb ihre Studien lieber allein, saugte alles in sich auf, was sie nur über diese lange vergessenen Rituale finden konnte, die sie ihrem Ziel einen Schritt näherbringen mochten.

Jahre vergingen auf diese Weise, bis Noctyss selbst den Herbst ihres Lebens erreichte. Sie nutzte die dunklen Künste, die sie entdeckt hatte, um ihren Körper über seine natürliche Lebensspanne hinaus zu bewahren, denn sie wusste, die Antworten, nach denen sie so lange gesucht hatte, waren ganz nahe. Bei ihren Nachforschungen auf dem Planeten Jaguada hatte sie den Weg zu einem Ort namens Exegol entdeckt, einer entlegenen Welt, vollgesogen mit der Geschichte der Sith und eingehüllt in diabolische, mystische Kräfte. Und so machte Noctyss sich allein auf den Weg nach Exegol. Dort, da war sie sicher, würde sie ihr Lebenswerk vollenden und die letzten Puzzleteile des Rituals finden, das ihr Unsterblichkeit schenken konnte.

Exegol war ein trostloser Ort. Seine Atmosphäre knisterte vor brutalen Gewittern und die Ausgrabungen der Sith hatten seine Oberfläche entstellt. Tief im Herzen des Planeten stieß Noctyss jedoch auf die Überreste einer allmählich verfallenden Zitadelle voller titanischer Statuen.

Die Ruinen waren lange schon verlassen – oder zumindest glaubte Noctyss das. Das einzige Leben, auf das sie während der Erforschung der Zitadelle stieß, waren Rattmaden, die in den Rissen und Spalten umherkrochen. Doch da war auch ein schwaches Wispern, das ihren Kopf füllte, wann immer sie zu schlafen versuchte – das Raunen Tausender anderer Präsenzen am Rande ihrer Wahrnehmung. Hier auf Exegol war die Grenze zwischen Leben und Tod dünn, und Noctyss wusste, dass sie mit jedem Tag und jeder Höhle, die sie erforschte, dem Erfolg einen Schritt näher kam. Und tatsächlich, während einer ihrer Expeditionen in die überfluteten Korridore der unteren Ebenen fand sie, was sie die ganze Zeit über gesucht hatte – auch wenn sie es nicht gleich erkannte.

Es begann mit dem Platschen von etwas, das sich im Halbdunkel bewegte: das Geräusch von Schritten im Flutwasser, welches zwischen den zerstörten Bodenplatten emporgestiegen war. Noctyss hatte keine Gegenwart gespürt, und sie aktivierte ihr Lichtschwert, während sie mit gefletschten Zähnen herumwirbelte, bereit, sich dem Neuankömmling im Kampf zu stellen.

Doch die erbärmliche Gestalt, die vom blutroten Schein ihrer Klinge erhellt wurde, stellte keine Gefahr dar. Es war ein gebrochenes, gekrümmtes Geschöpf – die Überreste dessen, was einmal ein Mensch gewesen sein mochte, nun aber zu wenig mehr als einem wilden Tier verkommen war. Seine Wirbelsäule war in einem unnatürlichen Winkel abgeknickt, weswegen es tief gebeugt ging, die linke Schulter beinahe auf Höhe ihres Knies. Seine Haut war aschfahl und halb durchscheinend, verschrumpelt und faltig – Zeichen eines unvorstellbar hohen Alters. Doch wie hoch genau? Verklebtes Haar hing in Strähnen an den Seiten des Gesichts herab, schlaff und voller Schmutz. Stofffetzen, bei denen es sich einmal um Kleider gehandelt haben mochte, hingen an dem Geschöpf herab. Die klauengleichen Finger waren ausgestreckt, als es auf Noctyss zuschlurfte, und die Sith hob ihr Lichtschwert, bereit, das Wesen niederzustrecken und es von seinem Elend zu befreien. Doch etwas hielt ihre Hand zurück – ein Gefühl, dass dieses Geschöpf bei ihrer Suche vielleicht noch hilfreich sein könnte. Also senkte sie die Klinge und winkte es zu sich heran. Das Wesen wimmerte unartikuliert, während es im schummrigen Licht durch den überschwemmten Gang stolperte. Schließlich blieb es vor Noctyss stehen und musterte sie mit trüben Augen, dann murmelte es ein Wort, das in ihren Ohren wie *Herrin* klang.

Als die Sith das hörte, huschte ihr ein Lächeln über das Gesicht, denn sie erkannte sofort, dass dieses mitleiderregende Geschöpf als Diener oder Sklave noch einen Nutzen haben mochte – es könnte ihr helfen, ihr Ziel zu erreichen.

Tatsächlich bewies das Geschöpf sogleich seine Nützlichkeit. Es schien instinktiv zu wissen, wonach Noctyss suchte, und es führte sie durch die dunklen Korridore unter der Zitadelle, tiefer und tiefer in dieses seltsame Reich aus Kälte und immer dichter werdenden Schatten hinein, durch platschendes Flutwasser und wieder heraus, bis sie schließlich ein kleines System kunstvoll aus dem Fels gehauener Kammern erreichten.

Die Tunnel hier unten waren ein Labyrinth, in dem man

unmöglich die Orientierung behalten konnte, und während Noctyss der Kreatur folgte, hörte sie einmal mehr wispernde Stimmen – nur erzeugten sie diesmal einen immer stärker werdenden Druck in ihrem Kopf. Sie klangen drängend, aufgeregt, und wisperten der Sith zu weiterzugehen, immer weiter. Auf gewisse Weise waren die Stimmen aber auch tröstlich – ein Echo derer, die vor ihr diesen Weg beschritten hatten und sie nun anspornten, die letzten Schritte zu wahrer Größe zu machen.

Schließlich blieb die gebückte Gestalt stehen, ein hässliches Grinsen auf ihren missgestalteten Lippen, während sie sich von einer Seite auf die andere neigte. Noctyss hielt ebenfalls inne, um ihre Umgebung zu studieren. Sie hatte inzwischen jegliches Gefühl dafür verloren, wie tief sie unter der Planetenoberfläche waren oder wie weit sie sich von den übersichtlichen Ruinen der Hauptzitadelle entfernt hatten. Doch wo immer sie in den Eingeweiden von Exegol auch sein mochte, vor ihr lag nun eine Art Labor. Die Wände waren mit den ältesten Sith-Runen versehen, und der Boden – bedeckt unter einer dicken Schicht aus Staub und Trümmern –, war einst ein Muster sich überschneidender Kreise gewesen. Flaschen und andere Glasbehälter voller rätselhafter Tinkturen standen auf den Arbeitsflächen verstreut, auf hölzernen Regalen kauerten vergilbte Folianten, gebunden in rissiges Leder und eingeflochten in ein dichtes Gespinst aus Spinnweben. Und in einem schmutzigen Tank, gefüllt mit einer unbekannten Substanz, trieb etwas, das einst Fleisch und Blut gewesen sein mochte, aber schon vor langer Zeit verfault war.

Woher kannte die Kreatur diesen Ort? Und wer hatte ihn so zurückgelassen?

Noctyss ging zu einem der Tische hinüber und strich sachte mit den Fingerspitzen über die brüchigen Seiten eines verfallenden Buches. Sie erkannte die darauf festgehaltenen Diagramme sofort, denn sie hatte sie schon vor langer Zeit auswendig gelernt – es waren dieselben Diagramme, die sie auf Malachor entdeckt hatte, dieselben Diagramme, mit denen ihr langer Weg nach Exegol begonnen hatte.

Jemand war vor ihr hier gewesen, angetrieben von demselben Traum, und nun folgte Noctyss in seinen Fußstapfen. Dies musste das verlassene Labor sein, wo ihr Vorgänger die Geheimnisse der Vergangenheit gelüftet und die Ketten zerbrochen hatte, welche ihn an seine sterbliche Lebensspanne banden. Dies war der Ort, wo er wahre Freiheit erlangt hatte! Und hier, in diesem glorreichen Durcheinander, würde auch Noctyss die Antworten finden, die sie schon so lange suchte.

Das Geschöpf gab ein feuchtes Glucksen von sich, und Noctyss lachte, denn was könnte dieses Wesen sein, wenn nicht der Diener des Sith, der einst an diesem Ort gelebt hatte? Ein Wesen, aus dem Schmutz seiner niederen Geburt herausgehoben, um hier zu dienen. Es war ein erbärmlicher Wicht, der Bodensatz des Lebens, ein *Ding*, so gebrochen, dass es mehr tot als lebendig wirkte – und nun gehörte es ihr. Sie konnte mit ihm tun, was immer ihr beliebte. Zuerst würde sie ihn das Labor aufräumen lassen, während sie in den alten Schriften nach Hinweisen darauf suchte, welchen Ritualen der vorige Bewohner hier nachgegangen war.

Viel Zeit verging, während Noctyss sich in ihre Forschung vertiefte. Das Geschöpf schlurfte um sie herum, schrubbte die Böden, schleppte Bücher und erledigte auch sonst all die niederen Aufgaben, die Noctyss nur von ihrer Arbeit abgehalten hätten. Sie hörte sogar auf zu essen, und sie wurde immer dünner, aber sie wusste, dass sie ihrem Ziel so nahe war wie nie zuvor.

Die Zeit, die sie eingeschlossen in diesem lichtlosen Gewölbe verbrachte, war nicht gnädig mit ihr: Ihr Rücken wurde steifer, ihre Muskeln weicher, aber sie verschwendete keinen Gedanken daran. Fast täglich schimpfte und schlug sie ihren Diener, frustriert über diese abscheuliche Kreatur, die sich so nach Aufmerksamkeit sehnte, dass sie jede Bestrafung über sich ergehen ließ, kniend, mit gebeugtem Kopf und einem seltsamen, unbeschreiblichen Lächeln auf dem Gesicht.

Dieses Wesen, dieser Mutant, hatte der Galaxis nichts zu bieten. Seine einzige Existenzberechtigung bestand darin, Noctyss zu dienen. Und so, wie sie über ihn herrschte, würde sie über alle herrschen, sobald das Ritual vollendet war, Sie würde ihren Platz an der Spitze eines gewaltigen Sith-Reiches einnehmen, und all ihre Untergebenen würden vor ihr knien, dankbar für das Licht ihrer Führung. Ihr Königreich würde ewig währen, denn sie würde unangefochten und unsterblich auf dem Thron sitzen – der Mittelpunkt der Galaxis, die ihr zu Füßen lag. Das war wahre Macht, die einzige Macht, nach der es sie je gelüstet hatte: die Macht über Leben und Tod.

Langsam fügte Noctyss die Teile des Puzzles zusammen, bis sie schließlich das Ritual verstand, das sie durchführen musste, um auf eine neue Ebene der Existenz aufzusteigen. Die Arbeit von Darth Sanguis, der vor ihr auf Exegol gewesen war und dessen Aufzeichnungen sie hier gefunden hatte, wies ihr dabei den Weg. Seine Forschung war überaus gründlich gewesen, und sie beschloss, seinen Vorgaben zu folgen und in seinen Fußstapfen den Weg zu wahrer Größe zu beschreiten.

Die Beschwörungen würden drei Tage in Anspruch nehmen, und dann brauchte sie noch einen würdigen Tribut – ein freiwilliges Opfer, das ihr seine Lebenskraft schenkte –, um das Ritual abzuschließen. Hier auf Exegol gab es nur wenig Leben, aber das Schicksal schien mit Noctyss zu sein, hatte es ihr doch das buckelige Wesen geschenkt, das sie in den Tunneln gefunden hatte. Nun würde es ihr einen letzten Dienst erweisen. Auf dem Höhepunkt des Rituals würde sie seine Essenz absorbieren und sie einsetzen, um ihre eigene Seele neu zu formen. Das war ihr Recht, ihre Bestimmung – das Ziel, dem sie ihr gesamtes Leben gewidmet hatte.

Sie begann mit den Vorbereitungen, und die Kreatur, nichts ahnend von ihrem bevorstehenden Schicksal, schuftete lang und schwer, um Noctyss' Anweisungen nachzukommen. Als die Sith schließlich die ersten uralten, kratzigen Worte der Beschwörung aufsagte, spürte sie, wie die Stimmen in ihrem Kopf mit in das Ritual einstimmten. Der Singsang verwandelte sich in eine Kakofonie, einen Chor von Stimmen, der ihr vom Rand des ewigen Lebens entgegenschwappte. Die Worte schienen ein Eigenleben anzunehmen, und schon bald wusste Noctyss nicht mehr, ob sie den Chor der Stimmen anführte oder ob sie ihm nachsprach. Doch die berauschenden Wogen der Energie, die unter ihrer Haut pulsierten, vertrieben alle Zweifel aus ihrem Geist. Die Zeit verlor jegliche Form, es gab keine Minuten mehr, keine Stunden oder Tage – es gab nur noch das Ritual, die Worte und die Macht.

Dann war der entscheidende Moment gekommen. Noctyss öffnete die Augen und wandte sich mit gleichmäßigen Atemzügen der Kreatur zu – nur um festzustellen, dass das Wesen sogar ihren letzten Wunsch vorausgeahnt hatte. Es hockte auf seinen Knien vor ihr, der krumme Rücken gestrafft, die Finger um den Stoff seiner verfallenen Kleidung geschlossen, während es das milchig weiße Fleisch seiner Brust offenbarte. Und noch immer hatte es dieses seltsame Lächeln auf den Lippen. Noctyss stieß einen letzten zufriedenen Seufzer aus, anschließend rammte sie ihren Dolch tief ins Herz der Kreatur.

Einen Moment lang geschah nichts. Dann schien der gesamte Raum vor Funken zu explodieren, als eine Energiewoge aus der Brust der Kreatur hervorbarst. Sie brandete an Noctyss' Arm entlang nach oben, umhüllte ihren Körper, sickerte in ihr Fleisch. Die Sith fühlte sich stark und lebendig, auf eine Weise wie nie zuvor, und sie lachte, während sie das Gefühl aufblühenden Lebens genoss.

Ihr Körper begann sich zu verändern, sich neu zu formen, denn als die Energie in sie hineinströmte, erneuerte sie Noctyss' geschwächte Gestalt, machte sie wieder jung und vital. In ihrem Kopf johlten die Stimmen vor Freude, ein ekstatischer Jubel über ihren Erfolg. Alles war genau so, wie sie es sich vorgestellt hatte. Nicht mehr lange, und sie würde die Herrin aller Dinge sein.

Doch dann verwandelten sich die Freudenrufe in Schmerzensschreie, und Noctyss kreischte, als ihr Körper in Krämpfen zu zucken begann. Irgendetwas stimmte nicht. Die Stimmen heulten erbärmlich und voller Bedauern. Eine grauenhafte Befürchtung griff in Noctyss' Gedanken um sich: Hatte sie während der Vorbereitungen einen wichtigen Spruch falsch ausgesprochen? War die Lebenskraft der Kreatur nicht ausreichend?

Noctyss spürte, wie sich ihre Wirbelsäule verschob und krümmte, und sie brüllte vor Qualen. Sie versuchte, sich zu konzentrieren, gegen die wachsende Panik anzukämpfen und die Energie zurückzudrängen, die durch ihren Körper pulsierte. Sie musste das Ritual abbrechen – aber es war bereits zu spät. Ihr Fleisch presste sich schmerzhaft gegen ihre Knochen und wurde schlaff und faltig. Sie hob die Hände, die noch immer von knisternder Energie umwirbelt wurden, und musste ansehen, wie ihre Finger verschrumpelten, zu dürren Klauen verkümmerten. Einen Moment später wurde ihr die Luft aus der Lunge gepresst, als sich ihre Rippen zusammenzogen, und kurz hatte sie das Gefühl, als würde das Blut in ihren Adern sie von innen heraus verbrennen. Einmal mehr heulte sie, und sie schrie um Hilfe, bis ihr Hals rau und ihre Stimme heiser war, aber niemand konnte sie hören. Schließlich ebbte das Zischen und Knistern der Energie ab. Schwärze senkte sich über Noctyss und zerrte sie zu Boden.

Eine Weile später wurde die Sith von einem kratzenden Geräusch geweckt. Erschrocken hob sie den Kopf, nur um sogleich das Gesicht zu verzerren, denn die Bewegung jagte ihr einen stechenden Schmerz durch den Hals. Die Rattmaden hatten sich versammelt und krochen auf die Leiche der Kreatur neben ihr zu. Noctyss kämpfte sich auf Hände und Knie hoch und wich zurück, jede Bewegung holprig und qualvoll. Sie versuchte etwas zu murmeln, aber die Worte kamen ihr nur als unverständliches Ächzen über die Lippen. Schwerfällig griff sie nach der Kante eines Obsidiantisches, um sich auf die Beine hochzuziehen. Furcht ließ ihren Nacken prickeln, Schrecken griff nach ihrem Herzen. Was war geschehen? Was war aus ihr geworden? Hatte das Ritual funktioniert?

Noctyss wischte mit dem Arm über die Tischplatte, bis ihre tastenden spinnenartigen Finger einen Spiegel gefunden hatten. Voller Angst vor dem, was sie sehen würde, hob sie ihn ins schwache Licht des Labors und starrte die eigene Reflexion an. Nur einen Augenblick später schleuderte Noctyss den Spiegel mit einem erbärmlichen Winseln gegen die Wand, sodass er in tausend Scherben auf den Boden herabregnete. Sie wandte sich wieder zur Leiche des Geschöpfes um, das selbst im Tod noch dieses hässliche Grinsen zur Schau stellte.

Das Ding hatte es die ganze Zeit über gewusst. Es hatte gewusst, was sie vorhatte, und es hatte ihr bei jedem Schritt geholfen, weil es hoffte, so seine eigene Freiheit zu gewinnen. Denn es war nicht einfach nur irgendeine Kreatur gewesen – auch diese Wahrheit erkannte Noctyss nun. Es war Darth Sanguis, der Sith-Lord, der ebenso wie Noctyss nach dem ewigen Leben gestrebt hatte. Sie war in seine Fußstapfen getreten, und nun war sie wie er – ein groteskes Zerrbild ihres früheren Selbst, dazu verdammt, ein qualvolles, einsames Dasein in den Eingeweiden von Exegol zu fristen.

Noctyss hatte ihr gesamtes Leben mit der Suche nach dem Geheimnis der Unsterblichkeit verbracht und alles andere ignoriert. Sie hatte ganze Welten zerstört, um ihrem Ziel vom ewigen Leben näher zu kommen. Und nun flüsterten die Stimmen ihr zu, dass ihr Traum in Erfüllung gegangen war. Sie war der Unsterblichkeit so nahe, wie man es nur sein konnte. Vor ihr lag eine Existenz ohne Tod, aber auch ohne echtes Leben.

DER SCHLAF
DER EWIGKEIT

Viele Jahrhunderte lang hielt sich unter den Glücksrittern, Schatzjägern und poetisch veranlagten Geschichtenerzählern im Äußeren Rand die Legende von einer Prinzessin, die vor langer Zeit über ein Imperium von Planeten herrschte, weit draußen in den entlegensten Winkeln des Wilden Raums. Es war ein Goldenes Zeitalter, vor den großen Kriegen, als alte Schiffe durch die Galaxis segelten wie durchs Meer und die damaligen Ritter noch galante Beschützer waren, die die einfachen Leute vor den übelsten Schrecken des Universums verteidigten – zumindest vor jenen, die damals schon bekannt waren.

Diese Prinzessin wurde von ihrem Volk verehrt, denn sie war immer gütig und gerecht. Die Leute überhäuften sie mit Geschenken, um ihr diese Großmütigkeit zu vergelten, und auf allen Welten, die ihr Imperium umfasste, wurden große Monumente zu ihren Ehren errichtet. Der Reichtum der Prinzessin wuchs und wuchs, aber nicht durch die Ausbeutung ihrer Untertanen, sondern dadurch, dass sie ihnen Liebe und Zuneigung zeigte.

Die Prinzessin soll außerdem unwahrscheinlich schön gewesen sein – niemand, der ihr Bild sah, konnte umhin, ihre liebliche Gestalt zu preisen. Es lag also nicht an einem Mangel an Verehrern, dass sie nie heiratete oder Kinder bekam. Im Gegenteil, ein steter Strom hoffnungsvoller Kandidaten stand vor ihrer Tür Schlange. Doch die Prinzessin hatte das Gefühl, dass sie bereits verheiratet war – mit ihrem Volk, mit ihrer Position als Oberhaupt. Sie verwendete all ihre Zeit, Energie und Liebe darauf, das Leben ihrer Untertanen besser zu machen und die Grenzen ihres Imperiums auszuweiten, damit sie auch anderen helfen konnte, die in Not oder Elend darbten.

Zwar hatte die Prinzessin ein langes Leben, aber natürlich war sie nicht unsterblich. Die Zeit zeigt niemandem Gnade, und schließlich machten sich die Jahre bemerkbar, und die Prinzessin alterte und starb.

Ihr Volk weinte und trauerte, denn es wusste, egal, wer ihr auf den Thron folgte, er könnte nie an ihre Anmut und Güte heranreichen. Und so kam es, dass das einst große Imperium der Prinzessin zerfiel, wie es allen Reichen ergeht, wenn sie dem Zahn der Zeit ausgesetzt sind. Alle Spuren ihres Imperiums gingen verloren und sie selbst geriet ebenfalls fast in Vergessenheit. Sie lebte nur noch als Märchengestalt weiter, als Mythos, von dem sich die nachfolgenden Zivilisationen über die Jahrhunderte hinweg erzählten.

Dennoch, die Geschichte lebte weiter, und mit ihr das Gerücht, dass die Prinzessin in einer Gruft auf ihrem Lieblingsmond bestattet worden war. Dort, so erzählte man sich, schlief sie durch die Ewigkeiten, umgeben von all den Geschenken und Schätzen, mit denen ihr Volk seine Liebe ausgedrückt hatte.

Im Laufe der Jahre versuchten viele herauszufinden, ob etwas Wahres an dieser Geschichte war. Sie suchten den Begräbnismond der Prinzessin, aber keine Aufzeichnungen jenes alten Imperiums hatten überlebt, und es war so viel Zeit vergangen, dass selbst die größten Schlösser und Paläste jener Ära zu Staub zerfallen waren. Es gab aber eine Handvoll verstreuter, verlockender Hinweise – ein Wandbild hier, der zerbröckelnde Sockel einer Statue dort. Gerade genug, um zu beweisen, dass die alten Geschichten einen wahren Kern hatten – dass die Prinzessin und ihr Imperium wirklich existiert hatten.

Und so begab es sich, dass sich eines Tages eine Archäologin namens Loreth auf die Suche nach der sagenumwobenen Prinzessin und ihrer Gruft machte. Schon als junges Mädchen war Loreth fasziniert gewesen von den Geschichten über die Herrscherin aus grauer Vorzeit und sie hatte sie mit ihren Freunden in den Feldern rings um ihr Zuhause nachgespielt. Dabei war Loreth stets selbst die Prinzessin gewesen – eine einsame, aber gütige, wohlmeinende Regentin, die ihre Pflicht über alles andere stellte, einschließlich ihres eigenen Glücks.

Der traurige Unterton, der den Geschichten innewohnte, hatte Loreth tief berührt, und auch wenn sie in erster Linie die Schätze in der Gruft finden und den Ruhm ernten wollte, der mit einer solchen Entdeckung einhergehen würde, war da ein Teil von ihr, der sich nichts sehnlicher wünschte, als der Prinzessin endlich zu ihrem rechtmäßigen Platz in der galaktischen Geschichte zu verhelfen. Falls man sie fand, würde man sich an sie erinnern, und die Geschichte ihres Imperiums würde noch viele Jahrtausende nachhallen.

Auch als Loreth älter wurde, legte sie diese Faszination nicht ab, stattdessen lernte sie alles, was sie über die trostlosen Welten im Wilden Raum erfahren konnte – jene Welten, die einst womöglich zum Imperium der namenlosen Prinzessin gehört hatten.

Sobald sie alt genug war und über das entsprechende Geld verfügte – sie sparte und knauserte während ihres Studiums und verdiente nebenbei Geld, indem sie ihre Funde an Sammler auf reichen Welten wie Naboo und Serenno verkaufte –, machte sie sich auf die Suche nach konkreten Hinweisen. Sie war von Natur aus entschlossen, und wo andere vor ihr aufgegeben hatten, suchte sie beharrlich weiter. So begann sie, die wenigen Hinweise aufzudecken, die noch vom Imperium der Prinzessin übrig waren, verborgen in geheimen Ruinen oder im Boden jener Planeten im Wilden Raum vergraben. Loreth stückelte Teile ihrer Sprache zusammen, entzifferte Geschichten über uralte, gottgleiche Wesen, die die Galaxis bereisten und ihre Kräfte aus der Essenz des Lebens selbst zogen. Sie entdeckte die Namen von Welten, Städten und Personen, sie fand Spuren ihrer Kunst in Fresken und Statuen, in Wandschnitzereien und in den Überresten uralter Gebäude.

Viele Jahre lang widmete Loreth sich dieser Suche, bis sich all die unterschiedlichen Hinweise schließlich zu einer Art Karte zusammensetzten. Sie kannte nun die Grenzen jenes alten Imperiums, oder zumindest wusste sie, welche Welten sicher dazugehört hatten. Diese Karte wies ihr auch den Weg zu einem möglichen Standort der Gruft, denn Loreth hatte zahlreiche Verweise auf den Mond von Selenus gefunden, wo die Prinzessin ihre bevorzugte Sommerresidenz gehabt hatte.

Auf den Sternenkarten, die diese Region des Wilden Raumes darstellten, war zwar kein solcher Mond zu finden, aber die Beschreibungen aus den Geschichten führten Loreth zu der Vermutung, dass sie sich auf einen unwirtlichen Planetoiden namens Salaniss bezogen. Einst hatte dort eine blühende Zivilisation existiert, aber nun waren nur noch Trümmer übrig. Sie war hoffnungsvoll, dort die Gruft der Prinzessin zu finden, irgendwo tief unter dem Staub von Jahrtausenden verborgen. Erfüllt von dem Gefühl, dass sie ganz dicht vor einem großen Durchbruch stand, brach eine aufgeregte Loreth mit einer kleinen, handverlesenen Gruppe von Assistenten nach Salaniss auf, um mit den Ausgrabungen zu beginnen.

Es folgten lange Wochen des Grabens, und als Wochen schließlich zu Monaten wurden, ohne dass sie nennenswerte Fortschritte machten, gaben die ersten von Loreths Assistenten entmutigt auf. Sie hatten das Interesse an der Expedition verloren und fürchteten, dass sie keinen Lohn für die harte Knochenarbeit ernten würden, die zu ihrer täglichen Routine geworden war. Sogar Loreth teilte ihre Zweifel allmählich, aber sie hatte so viel erreicht und so viel investiert, dass sie nicht einfach aufgeben konnte. Also machte sie mit der Handvoll verbliebener Helfer weiter, entschlossen, ihr Ziel zu erreichen.

Und dann kam der große Durchbruch. Sie entdeckten eine Kammer am Hang eines Berges, begraben unter einer Lawine aus Schiefergestein und zertrümmertem Mauerwerk. Loreth wusste sofort, dass sie auf eine Goldgrube gestoßen waren. Die Gruft war älter als alt, aber an den abblätternden Wänden der äußeren Kammer waren noch die letzten Überreste von Fresken zu erkennen, die einst sicher ein kunstvolles Szenario dargestellt hatten.

Ungeduldig trat Loreth vor die innere Tür, eine solide Steinplatte, die vor ungezählten Jahrtausenden versiegelt worden war und noch immer die Geheimnisse schützte, die tiefer unter dem Berg schlummerten. Es dauerte nur ein paar Stunden, dann hatte Loreth auch das letzte Siegel gebrochen, und sie betrat voller Aufregung und Nervosität die Gruft der Prinzessin – als erstes lebendes Wesen in ungezählten Äonen.

Die jahrelangen Mühen erwiesen sich nun als gerechtfertigt, denn die Schätze im Innern der Gruft waren prächtiger und zahlreicher, als sie es sich je hätte erträumen können. Wichtiger noch war aber, dass die Prinzessin selbst noch immer dort ruhte. Selbst nach all der Zeit lag sie noch friedlich und perfekt erhalten in einem Karbonitblock eingefroren da.

Die Frau war wunderschön und deutlich jünger, als Loreth erwartet hatte, mit glatter Haut und langem, feinem Haar, das aus dem Gesicht nach hinten gebunden war und lockig über eine Schulter fiel. Ihre Arme waren vor der Brust überkreuzt, und sie trug fließende Gewänder, die von den Schultern bis zu den Knöcheln reichten. Man hatte den Karbonitblock an der Rückwand der Gruft aufgestellt, dem Eingang gegenüber, und davor lagen diverse Opfergaben auf dem Boden, von goldenen Kelchen und Juwelen bis hin zu Staubhäufchen, die wohl einmal Blumen gewesen waren.

Loreth jubelte und Tränen brannten ihr in den Augen. Dies war der Moment, von dem sie ihr ganzes Leben lang geträumt hatte. Endlich konnte sie in das Gesicht der Frau blicken, die jeden ihrer Gedanken beherrschte.

Im Laufe der nächsten Tage widmeten sich Loreth und ihr kleines Team der Aufgabe, die zahlreichen Schätze zu katalogisieren, die sie in der Gruft fanden. Der Raum quoll geradezu über vor Reichtümern, aber für Loreth waren sie noch viel kostbarer als ihr reiner Geldwert, denn sie offenbarten vieles über die uralten Kulturen, die einst im Wilden Raum erblüht waren.

Während dieser Arbeit blickte die Prinzessin aus ihrem Karbonitblock auf die Forscher herab, erstarrt in ewiger Anmut und Eleganz. Manche der Arbeiter, die Loreth angeheuert hatte, zögerten, die Gruft zu betreten. Sie murmelten etwas von alten Flüchen, aber letztendlich überwog die Aussicht auf einen großen Stapel Credits ihre Bedenken, und Loreth konnte sich weiter der Aufgabe widmen, die Geheimnisse der Prinzessin zu ergründen.

Doch trotz ihres Erfolges fand Loreth keine Ruhe. Wenn sie in ihrem behelfsmäßigen Lager schlief, träumte sie von dem uralten Imperium inmitten der Sterne, von den Leuten, die ihre Herrscherin verehrt hatten, und von dem reglosen Gesicht der Prinzessin, das jede von Loreths Bewegungen verfolgte. Ein Gefühl wachsenden Unbehagens machte sich in ihr breit. Irgendetwas stimmte nicht, auch wenn sie nicht genau sagen konnte, was es war.

Jedes Mal, wenn ihr Blick auf den Karbonitblock fiel, spürte sie die Augen der Prinzessin auf sich, und wenn sie arbeitete, glaubte sie hin und wieder sogar, eine leise, wispernde Stimme zu hören, die sie drängte, die Prinzessin aus ihrem Schlummer zu erwecken. Das geschah jedoch nur, wenn Loreth allein in der Gruft war, und schon bald war sie nicht mehr in der Lage, sich auf ihre Arbeit zu konzentrieren. Spielte ihr Geist ihr einen Streich? Oder war sie vielleicht dem Stress dieser Entdeckung nicht gewachsen? Konnte es sein, dass sie ihren Lebensinhalt verloren hatte, nun, wo ihr großes Ziel endlich erreicht war, und dass ihr rastloses Unterbewusstsein ihr deshalb diese seltsame, unheilvolle Stimme vorgaukelte?

Doch tief in ihrem Herzen wusste Loreth, dass das nicht der Grund war. Sie tat ihr Bestes, die Stimme und ihre wispernden Aufforderungen zu ignorieren, aber irgendwann wurde es einfach zu viel. Sie konnte sich auf nichts mehr konzentrieren, und ihr fiel nur eine Möglichkeit ein, es zu ändern: Sie würde die Leiche der Prinzessin aus dem Karbonit auftauen, um sich selbst zu beweisen, dass die Frau schon lange tot und die Stimme in ihrem Kopf nichts weiter als eine Folge ihrer blühenden Fantasie war. Ihre verbliebenen Arbeiter rieten von einem so drastischen Schritt ab und beschworen Loreth, den Block intakt zu lassen, damit er weiter untersucht werden konnte. Doch sie hörte nicht, denn sie wusste, dass sie erst wieder Ruhe fände, wenn sie die Wahrheit kannte. Die flüsternde Stimme hatte sich tief in ihr Bewusstsein hineingegraben, und dies war der einzige Weg, sie von dort wieder zu vertreiben.

Und so kam es, dass Loreth spätabends ein weiteres Mal auf den Karbonitblock zutrat. Einen Moment lang hielt sie inne und ihr kamen Zweifel. War es wirklich klug, die Leiche aufzutauen? Sie starrte zu den makellosen Zügen der Prinzessin hoch. Ihre Augen waren wie glatte, glasige Kugeln …

Bevor sie wusste, was sie tat, tanzten Loreths Finger bereits über die Kontrolltafel. Es war, als würden sie sich aus eigenem Antrieb bewegen – oder als würde jemand anderes ihren Körper kontrollieren. Ihr Herz schlug wie wild in der Brust, als sie schließlich zurücktrat, voll stiller Furcht vor dem, was nun enthüllt werden mochte. Der Tauzyklus wurde eingeleitet und der Block begann zu glühen.

Hinter Loreth standen ihre Mitarbeiter wie erstarrt am Eingang, entsetzt über ihre Tat, aber gleichzeitig unfähig, die Augen von der Szene loszureißen. Wie hypnotisiert sahen sie zu, wie das Karbonit hinfortschmolz und das blasse, makellose Fleisch darunter zum Vorschein kam. Mit einer Mischung aus

Faszination und Grauen erkannte Loreth, dass die Person im Innern des Blocks überhaupt nicht tot war! Stattdessen war sie all diese Zeit lebendig eingeschlossen gewesen. Die Prinzessin lebte!

Doch Loreths Aufregung ebbte schnell wieder ab, denn als die Frau vollständig aufgetaut war und sich den Schlaf von Jahrtausenden aus den Augen geblinzelt hatte, drehte sie den Kopf mit einem Ausdruck bitterer Verachtung zu den Archäologen herum. Sie riss die Arme hoch, woraufhin Loreth von einem Strom knisternder Blitze nach hinten geschleudert wurde. Sie schrie vor Schmerzen, während die Energie ihren Körper peitschte. Hinter ihr kreischten ihre Mitarbeiter und versuchten zu fliehen, aber die Tür der Gruft fiel mit einem Donnern zu, und nun waren sie mit dem neu erwachten Albtraum eingeschlossen.

Die Frau trat aus ihrem Karbonitgefängnis hervor, sog zum ersten Mal seit Jahrtausenden Luft in ihre Lunge – und dann lachte sie und sah auf Loreth hinab, die sich weiter auf dem Boden vor ihr krümmte. Als sie schließlich von ihrem Opfer abließ und die Blitze verblassten, blieb die Archäologin kraftlos liegen, wimmernd im Angesicht dieser gewaltigen Macht.

„Du bist nicht die gütige Prinzessin, von der ich so viele Geschichten gehört habe", stieß Loreth zwischen zwei Schluchzern hervor. „Diese Prinzessin hätte nie solche Gewalt gegen andere angewandt."

Die Antwort der Frau bestand nur aus weiterem Gelächter, denn in Wahrheit hatte es die gute Prinzessin nie gegeben. Nein, dies war eine Sith namens Darth Siberus. Aus Furcht, dass sie alt werden könnte, ohne noch gegen einen würdigen Gegner antreten zu können – denn ihre Macht war gewaltig und all ihre Feinde waren vor ihr gefallen –, hatte sie einen Plan ersonnen, um ihr Leben und ihre Schönheit zu bewahren, bis sich eine neue Dynastie erhob – und mit ihr neue Krieger, die einen Kampf wert waren. Also hatte sie sich selbst in Karbonit eingefroren und über Äonen hinweg geschlummert, während ihr Imperium rings um sie herum zerfiel.

Zuvor hatte sie im Wilden Raum aber noch Geschichten über eine reiche Prinzessin verbreitet. Das sollte zukünftigen Helden Anreiz geben, nach ihr zu suchen. Darth Siberus war schon bald in Vergessenheit geraten, doch die gewisperten Geschichten bestanden fort und wurden über Jahrhunderte hinweg von den Müttern an die Kinder weitergegeben.

Alle paar Generationen wurde ein neues Kind geboren, das von dieser Prinzessin aus alter Zeit hörte und versuchte, der Spur ihrer Brotkrumen zu folgen. Hierfür mussten sie zahlreiche Herausforderungen meistern, die Siberus ihnen in den Weg gelegt hatte. Und wenn diese Personen die Gruft schließlich fanden und sie aus dem Karbonit befreiten, dann mussten sie feststellen, dass sie keine Prinzessin erweckt hatten, sondern eine Sith. Siberus saugte ihren Findern die Lebensenergie aus, um die makellose Schönheit ihres Körpers zu erhalten und jede Falte zu glätten. Anschließend blickte sie in die Galaxis hinaus, um zu sehen, ob es einen Gegner gab, der ihrer würdig war. Wenn sie niemanden fand, kehrte sie in ihren langen Schlaf zurück, wohl wissend, dass ihre Zeit noch kommen würde.

Nun blickte Darth Siberus auf Loreth hinab, die sie wiederbelebt hatte, und sie lächelte. „Du bist ein törichtes Kind, aber du hast mich nicht enttäuscht, denn du hast mir alles gebracht, was ich benötige.“ Machtblitze schossen von ihren Fingerspitzen, und Loreth rollte sich schreiend zwischen den angehäuften Schätzen auf dem Boden hin und her, bis ihre Bewegungen schließlich erschlafften. Darth Siberus strich sich das Haar glatt und fuhr mit der Hand über ihre weiche Wange, dann drehte sie sich mit einem Seufzen zu den anderen um, die verängstigt in der Ecke kauerten. „Was man nicht alles tut, um schön zu bleiben", sagte sie, und einmal mehr stoben tanzende Machtblitze von ihren Fingern. Ihre Opfer schrien, bis nur noch Staub von ihnen übrig war.

Mit einem Lachen brachte Darth Siberus Ordnung in ihre Schätze, bevor sie in ihren Karbonitsarg zurückkehrte und sich ein weiteres Mal einfror. Sie würde schlafen, bis ein würdiger Held sie fand und wiederbelebte, und dann würde ihre Macht – und ihre Schönheit – einmal mehr die Galaxis beherrschen.

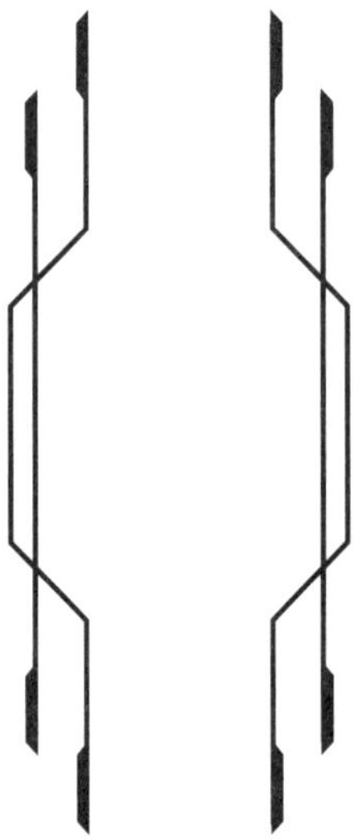

BAKURAT

Vor langer Zeit, noch vor dem Aufstieg der Alten Republik, traf man in Cantinas und Raumhäfen überall im Kern Wahrsager an, die eine seltsame und mystische Kunst beherrschten, die als Bakurat bekannt war. Selbst damals, in jener lange vergangenen Zeit, glaubten die Nutzer des Bakurat, dass seine Ursprünge noch viel weiter in der Vergangenheit lagen, irgendwo verloren in den frühesten Tagen der Galaxis.

Man glaubte, dass ein fähiger Deuter mithilfe der sternförmigen Bakuratkarten – mit kuriosen, wunderschönen Bildern bemalte Karten, die farbenfrohen Fresken einer der ältesten, einst an der Byss-Schnellstraße lebenden Spezies nachempfunden waren – die Zukunft anderer sehen konnte. Wenn man sich von einem dieser Deuter sein Schicksal voraussagen ließ, dann wurde die Zukunft dadurch angeblich festgelegt, denn die Ordnung des Universums verlangte, dass sich alles genau so abspielte, wie die Karten es prophezeiten. Nichts konnte mehr etwas daran ändern. Das war das Risiko, wenn man sich auf diese Weise seine Zukunft voraussagen ließ.

Nichtsdestotrotz erfreute sich das Bakurat bei Raumfahrern und Politikern gleichermaßen großer Beliebtheit – bis ein Senator, der unzufrieden mit dem Ergebnis seiner Sitzung war, es eines Tages als Hexerei bezeichnete und ein Verbot des Bakurats erzwang. Eine Weile fanden die Deutungen noch im Untergrund statt, aber schließlich gerieten sie weitgehend in Vergessenheit.

Heute gibt es nur noch eine Handvoll von Bakuratdeutern und sie sind weit über die Galaxis verstreut. Die meisten, die ihnen begegnen, tun ihre Künste als reinen Aberglauben ab, als billigen Trick, und jene, die ein wenig vorsichtiger sind, meiden sie, weil sie das Schicksal nicht herausfordern wollen.

Einer dieser Wahrsager – eine junge, hübsche Menschenfrau namens Mila – lebt auf dem Planeten Takodana, im Schloss von Maz Kanata, wo sie jeden Tag im Schatten einer ruhigen Nische sitzt und das Kommen und Gehen der Gäste beobachtet. Mila ist stets in Begleitung des unheimlichen Sir Kron – dem körperlosen Kopf eines uralten, zerstörten Protokolldroiden. Die beiden sind in Maz' Schloss wohlbekannt, aber nur selten spricht jemand mit ihnen, denn es kursieren viele Geschichten über die schreckliche Genauigkeit ihrer Prophezeiungen.

Eine solche Geschichte dreht sich um einen Mann, einen Schmuggler, der mit seiner Crew im Schloss eine erfolgreiche Mission feierte. Volltrunken und von seinen Kameraden angespornt, wagte er es, der Wahrsagerin einen Besuch abzustatten. Sein Name war Barbas, und er näherte sich Milas Tisch mit der Arroganz eines Mannes, der nicht wirklich begreift, was für ein gefährlicher Pfad vor ihm liegt. Er warf eine Handvoll Credits auf die glänzende Tischplatte.

Die Wahrsagerin lächelte einladend, doch ihre Augen waren voller Trauer. „Setz dich", sagte sie. „Und sieh her, denn deine Zukunft soll sich dir nun offenbaren."

Barbas lachte spöttisch, während sich seine Kameraden hinter ihm versammelten und ihm heiter auf den Rücken klopften. Jeder wollte hören, was die Frau verkünden würde.

Sie zog willkürlich drei Karten aus ihrem Stapel und ordnete sie in der Form einer galaktischen Spirale vor Barbas an. „Bevor wir fortfahren, muss ich dich fragen: Bist du wirklich sicher, dass du deine Zukunft kennen möchtest?“, verlangte Mila zu wissen. Sie war älter und weiser, als sie aussah, und zu oft hatte sie schon gesehen, wie sich Geläster in Bedauern verwandelte, wenn die Wahrheit vor jemandem ausgebreitet wurde, der nicht wirklich bereit dafür war.

„Ich bin sicher“, erklärte Barbas nach einem nervösen Blick zu seinen Kameraden. „Jetzt mach schon!“

Mila nickte, und die übrigen Karten – die, die sie nicht auf dem Tisch verteilt hatte – schienen in den Falten ihres Gewands zu verschwinden. „Wie du wünschst. Dann bleibt mir nur noch, dich Sir Kron vorzustellen.“ Mit diesen Worten nahm sie die Holzkiste vom Stuhl neben ihr und stellte sie auf den Tisch. Die Kiste war abgegriffen und krumm, gezeichnet von Jahrhunderten der Nutzung. Die Vorderseite war mit Angeln versehen und mit einem kleinen Messingriegel verschlossen.

Barbas lehnte sich neugierig auf seinem Platz nach vorn, als Mila den Riegel zurückzog, sodass die Kiste mit quietschenden Angeln aufklappte.

Den Schmugglern entfuhr ein kollektives Keuchen, denn im Innern der Kiste ruhte der kupferfarbene Kopf eines uralten Protokolldroiden, verrostet und fleckig von Grünspan. Seine Augen brannten jedoch in einem lebhaften Gelb und er gab ein grässliches Geräusch von sich wie ein tiefes, kratziges Ausatmen. Die Schmuggler hatten keine Ahnung, wie der Schädel mit Energie versorgt wurde, aber diese gelben Augen schienen Barbas genau zu studieren, während er erschrocken und angewidert von dem hässlichen Ding zurückzuckte.

„Sir Kron wird mir bei der Deutung helfen", erklärte Mila mit einem schiefen Lächeln.

Nachdem Barbas sich gefasst hatte, täuschte er Gelassenheit vor, aber inzwischen war er nicht mehr sicher, ob es eine gute Idee gewesen war, die Wahrsagerin aufzusuchen. Mila deutete auf die Karten und wies ihn an, sie eine nach der anderen umzudrehen. Ein letzter Blick zu seinen Kameraden hoch verriet dem Schmuggler, dass es zu spät war, um sich zu drücken, also begann er.

Mila lachte fröhlich, als der Schmuggler die erste Karte umdrehte und das Bild enthüllt wurde: die gekrümmte Gestalt eines Mannes, der einen strahlenden Stern auf seinen Schultern trug und unter seinem Gewicht wankte. Die zweite Karte zeigte eine dünne Frau mit einem glänzenden Schwert, die auf einem Hocker vor einer offenen Tür saß, und jenseits dieser Tür schienen sich die Tiefen des Weltalls zu erstrecken.

Für Barbas ergab keines dieser Bilder einen Sinn und er entspannte sich. Das Ganze war vermutlich doch nur Unsinn – harmloser Hokuspokus, über den er und seine Kameraden sich lustig machen konnten. Lachend griff er nach der letzten Karte und drehte sie um. Dabei kam das Bild eines Blutmondes zum Vorschein, der sich in einer Pfütze aus schimmerndem Wasser spiegelte.

Mila lehnte sich auf ihrem Stuhl zurück und begegnete Barbas' Blick mit einem Lächeln.

„Und?", fragte dieser in heiterem Tonfall. „Was hat das alles zu bedeuten?"

Mila hob den Zeigefinger, um Stille von den Schmugglern einzufordern, und nach wenigen Augenblicken begann Sir Kron zu sprechen. Seine Stimme war ein zischender, knisternder Laut, ausgestoßen von verfallenden Schaltkreisen, und so sehr es ihm missfiel, Barbas musste sich vorbeugen, um ihn zu verstehen.

„Zuerst", prophezeite der Droide, „wirst du an einem unwahrscheinlichen Ort Liebe finden."

Die Schmuggler jubelten und johlten und Barbas schlug erleichtert auf die Tischplatte.

„Danach wirst du diese Liebe durch deine eigene Unachtsamkeit verlieren."

Die Schmuggler seufzten in gespieltem Bedauern.

„Und sei gewarnt, denn bald darauf wird dich der Tod ereilen."

Eine Sekunde lang verfielen die betrunkenen Schmuggler in Schweigen, dann brachen sie in schallendes Gelächter aus und gingen davon, um sich an der Bar die nächste Runde ausschenken zu lassen.

Nur Barbas blieb an seinem Platz, denn ihm fiel der traurige Ausdruck in Milas Augen auf, als sie Sir Krons Kiste verschloss und ihre Karten wieder einsammelte. „Es ist nicht wirklich echt, oder?", fragte er mit einem Anflug von Nervosität in der Stimme. „Es ist nur ein Spiel. Um die Leute zu unterhalten." Da Mila ihm nicht in die Augen blickte und sich ganz auf ihre Karten konzentrierte, beugte Barbas sich weiter vor. „Ich werde nicht wirklich sterben, oder?"

Mila zog die Schultern hoch. „Wir alle müssen sterben", erklärte sie, wobei sie Sir Krons Kiste wieder auf dem Stuhl neben sich platzierte. „Es ist nur eine Frage der Zeit."

Barbas starrte sie noch einen Moment lang an, nicht sicher, was er noch sagen könnte. Letztlich ging er einfach davon, um sich seinen Kameraden anzuschließen. Seine Stimmung war getrübt, und als Maz Kanata das sah, ordnete sie an, dass die Schmuggler eine Runde aufs Haus bekommen sollten. Schon bald gewann ihre kleine Feier wieder an Schwung und die ganze Sache fühlte sich an wie ein Witz. Die Schmuggler lachten, zechten und prosteten Mila und Sir Kron von der anderen Seite des Schankraums aus spöttisch zu.

Am nächsten Morgen schleppten sich die Schmuggler mit dröhnenden Schädeln auf ihr Schiff, die *Wyvern*, und verließen Takodana, um ihre nächste Mission in Angriff zu nehmen. Sie scherzten noch immer über die Bakuratsitzung und die unheimliche Prophezeiung des Droiden, als sie ihre neue Fracht im Empfang nahmen, die von einem anderen Schmuggler an sie weitergegeben wurde.

Dabei handelte es sich aber nicht wie üblich um eine illegale Ladung Treibstoff oder Waffen. Nein, diesmal sollten sie eine Frau transportieren, die an ihr Ziel gelangen musste, ohne dass die neugierigen Augen der aufstrebenden Ersten Ordnung sie entdeckten. Die Aufgabe schien simpel: vom Eismond von Tarolax zu einer verlassenen Beobachtungsstation auf Quellus fliegen – und keine Fragen stellen. Dementsprechend gern nahmen die Schmuggler den Job an, und Barbas wurde die Aufgabe zuteil, auf die Frau aufzupassen, solange sie an Bord der *Wyvern* war.

So kam es, dass Barbas den Flug in unmittelbarer Gesellschaft ihrer mysteriösen Passagierin verbrachte. Sie nannte sich Misette und sie war eine Frau mit starken Überzeugungen. Während ihrer Jugend in der Unterstadt von Sparth hatte sie viel über die unterdrückerischen Methoden der erstarkenden Ersten Ordnung erfahren. Der Same des Widerstands war in ihr herangewachsen, und sobald sie alt genug gewesen war, hatte sie sich einen Weg durch die Banden der Unterstadt freigekämpft und auf dem Schiff eines Kartografen den Planeten verlassen. Sie hatte an Bord gearbeitet und war durch die halbe Galaxis gereist, bis sie einen Weg fand, dem Widerstand beizutreten. Seitdem führte sie in dessen Auftrag verdeckte – und oft gefährliche – Missionen durch, um anderen Agenten den Rücken freizuhalten oder nützliche Informationen zu sammeln.

Barbas kannte Misettes Geschichte nicht – zumindest noch nicht –, dennoch war er fasziniert von dieser Frau, die jeden Morgen in den Korridoren des Schiffes Kampfroutinen übte und nur so viel über sich preisgab, wie absolut nötig war.

Schon bald erwuchs eine Freundschaft zwischen ihnen, und sie verbrachten die Tage mit langen Unterhaltungen, mal über ferne Welten, mal über die Klonkriege und die Taten der großen Helden, die in jenem Konflikt gekämpft hatten. Barbas erzählte von seiner Kindheit auf Dantooine, und während sich ihre Reise hinzog und Misette ihm langsam, Stück für Stück, vertraute, gab sie auch mehr über ihr eigenes Leben preis. So kam es, dass Barbas sich in Misette verliebte, und er staunte nicht schlecht, als er herausfand, dass sie diese Gefühle erwiderte.

Dies war die erste Warnung der Wahrsagerin gewesen, aber Barbas scherte sich nicht darum, denn er hatte sich Hals über Kopf in die Frau verliebt, und er wollte an nichts anderes denken als an eine gemeinsame Zukunft mit ihr.

Die Crew der *Wyvern* sagte nie Nein zu schnell verdientem Geld, darum hatte sie während ihres Aufenthalts in Maz' Schloss noch eine zweite Fracht an Bord genommen: eine gefährliche Kreatur, die man einen Karlox nannte. Dieses Tier war für die Menagerie eines der Hutts bestimmt, und die Schmuggler wollten es abliefern, gleich nachdem sie Misette sicher nach Quellus gebracht hätten. Dieser Karlox war in einem Käfig im Frachtraum eingesperrt und die Crewmitglieder versorgten ihn mit Essen, Trinken und Beruhigungsmitteln. Barbas wusste, dass die seltene Kreatur den Schmugglern ein kleines Vermögen einbringen würde und er entwickelte einen Plan. Er würde vorschlagen, dass sie zuerst den Karlox zu den Hutts brachten und ihre Belohnung einstrichen, bevor sie mit Misette nach Quellus weiterflogen. Sein Anteil von der Bezahlung sollte reichen, um aus der Mannschaft auszusteigen, gemeinsam mit Misette von Bord zu gehen und für immer an ihrer Seite zu bleiben. Er würde sich sogar dem Widerstand anschließen, solange sie nur zusammen sein könnten.

Am Abend erzählte er zunächst Misette von seinem Plan, dann ging er davon, um mit seinen Kameraden zu sprechen. Doch als er sich der Hauptkabine im Herzen des Schiffes näherte, hörte er eine hitzige Diskussion zwischen den anderen Schmugglern, und er wartete vor der Tür, um zu sehen, worum es ging.

Zu seinem Schrecken musste er feststellten, dass sie über Misette redeten, denn die Schmuggler hatten von einem hohen Kopfgeld erfahren, das die Erste Ordnung auf die Frau ausgesetzt hatte. Sie witterten reiche Belohnung und beschlossen darum, sie auszuliefern und das Kopfgeld zu kassieren, anstatt ihren ursprünglichen Auftrag zu Ende zu bringen.

Wutentbrannt stürmte Barbas in die Kabine. Er brüllte die anderen an und erklärte, dass die Erste Ordnung Misette umbringen würde. Doch das interessierte seine Kameraden nicht. Sie lachten Barbas ins Gesicht, machten sich über seine Gefühle für ihre Passagierin lustig und zitierten die Worte von Sir Kron. Hatte der Droide ihn denn nicht gewarnt, dass er seine große Liebe schnell wieder verlieren würde? Sie stimmten ab, und die Entscheidung war deutlich – sie würden Misette bei der nächstbesten Gelegenheit an die Erste Ordnung ausliefern.

In dieser Nacht lag Barbas schlaflos in seiner Koje. Er rang mit seinem Gewissen, und als der Morgen anbrach, hatte er eine Entscheidung gefällt. Nichts war ihm wichtiger als seine Liebe zu Misette, und falls seine Kameraden das nicht verstehen konnten – nun, dann war das *ihr* Problem. Also ging er zu Misette und wies sie an, in der folgenden Nacht in ihrer Kabine zu bleiben. Sie sollte unter keinen Umständen herauskommen, ehe sie nicht sein Signal hörte. Widerwillig erklärte sie sich einverstanden, aber sie verlangte eine Erklärung – vielleicht, weil sie um ihre Mission fürchtete. Barbas sagte nur, sie müsse ihm vertrauen, dass er allein ihre Sicherheit im Sinn hätte und nichts mehr wollte als eine gemeinsame Zukunft mit ihr.

Der Tag verging in ernstem Schweigen. Barbas mied den Rest der Mannschaft, und nichts, was Misette sagte, konnte ihn aus seiner brütenden Stille reißen. Schließlich neigte sich der Tagzyklus an Bord dem Ende zu, und Barbas verließ Misette, aber erst, nachdem er sie noch einmal ermahnt hatte, ihre Tür zu verriegeln und sie nicht wieder zu öffnen, bis sie sein Signal hörte. Während sich die anderen Schmuggler mit Kartenspielen die Zeit vertrieben, schlich Barbas nach hinten in den Frachtraum, wo der Karlox in seinem Käfig eingesperrt war.

Die Kreatur wusste sofort, dass etwas nicht stimmte, denn sie warf sich wütend gegen die Gitterstäbe, und ihre sieben klaffenden Mäuler schnappten vergebens nach dem Neuankömmling. Das Tier bot einen abstoßenden Anblick: Es war groß und sehnig, und sein Körper, der bei jeder Bewegung zuckte und zitterte, ruhte auf einer Vielzahl spindeldürrer Beine, mit denen es sich beängstigend schnell bewegen konnte. Ein Kreis aus zwölf schwarzen, glänzenden Augen krönte seinen Schädel, sodass es in alle Richtungen gleichzeitig blicken konnte, und seine sieben Mäuler enthielten dicht zusammenstehende, kleine gelbe Zähne, spitz wie Nadeln, die jede Beute in essbare Happen zerreißen konnten.

Überzeugt, dass es keine andere Lösung gab, setzte Barbas seinen Plan um. Er betätigte den Öffnungsmechanismus des Käfigs, dann rannte er, so schnell er konnte, auf die andere Seite des Schiffes, zurück zu seiner Kabine, wo er die Tür hinter sich verriegelte und als zitterndes Häufchen auf der Koje zusammenbrach.

Während der nächsten zwei Stunden waren auf der anderen Seite dieser Tür die grässlichsten Geräusche zu hören, die Barbas je vernommen hatte, aber er rührte sich nicht. Der Rest der Mannschaft hatte ihn übergangen, hatte die Frau, die er liebte, an die Erste Ordnung verkaufen wollen. Welche andere Wahl hatte er gehabt, um das zu verhindern?

Als er letztlich wieder auf den Korridor hinaustrat, fand er Spuren des Blutbades vor, das die Kreatur unter der Crew angerichtet hatte. Kein Einziger von ihnen hatte überlebt, die meisten konnte er nicht mal mehr identifizieren, denn die sieben Mäuler des Karlox hatten ganze Arbeit geleistet und die Schmuggler in blutige Fetzen gerissen.

Vorsichtig schlich er durch das Schiff. Das wilde Tier war noch immer dort, noch immer frei, und es konnte ihn jeden

Moment angreifen. Doch als er es schließlich entdeckte, lag es an einer Wand, gesättigt und müde nach seinem Festmahl. Barbas wusste, dass er den Karlox nicht wieder einsperren konnte, also holte er den gestohlenen Blaster, den er in seiner Kabine versteckt hatte, und erschoss die Kreatur.

Nun, wo der Karlox keine Bedrohung mehr darstellte, eilte er weiter zu der Kabine, wo Misette auf ihn wartete – und fand zu seinem großen Schrecken die Tür offen vor. Entsetzt stürmte er hindurch, ihren Namen auf den Lippen, aber es war zu spät. Wie die anderen war auch Misette ein Opfer der wilden Bestie geworden. Offenbar hatte sie die Geräusche, die auf dem Korridor erklungen waren, falsch verstanden. Sie musste geglaubt haben, es sei das Signal, von dem Barbas gesprochen hatte, darum hatte sie die Tür geöffnet – und den Karlox hereingelassen.

Mit gebrochenem Herzen fiel Barbas auf die Knie. Er weinte, wissend, dass sich nun auch die Prophezeiung der Wahrsagerin erfüllt hatte: Er hatte seine Liebe durch seine eigene Unachtsamkeit verloren. An seinen Händen klebte nun nicht nur das Blut seiner Mannschaft, sondern auch das von Misette.

Was die letzte Voraussage der Bakuratdeuterin anging … Der Karlox war tot, ebenso wie der Rest der Schmuggler. Vielleicht konnte er dem Schicksal von der Schippe springen, wenn er eine der Rettungskapseln nahm und das Schiff mitsamt seiner schauerlichen Fracht hinter sich ließ. Doch das Zischen der Luftschleuse und das Klappern von näher kommenden Stiefeln auf dem Deck machten klar, dass dieser Gedanke zu spät kam. Barbas ließ voller Bedauern den Kopf sinken.

„Da ist er! Der Einzige, der überlebt hat."

„Schaut, was er getan hat!"

Die Abscheu in der Stimme des Sturmtrupplers war nicht zu überhören. Als sie ihre Blaster hoben, um ihn hinzurichten, da wusste Barbas, dass er dieses Ende verdient hatte.

Auf Takodana saß Mila am selben schattenverhangenen Tisch in derselben Nische von Maz Kanatas Schloss. Sie fuhr mit dem Finger die Ränder einer ihrer sternförmigen Karten nach und lächelte. Das Bild auf der Karte zeigte einen Blutmond, der sich in einer Pfütze spiegelte.

„Und so bekommen wir alle, was wir verdient haben", sagte Sir Kron mit seiner seltsamen, unheimlichen Stimme. Seine Augen schienen im schummrigen Licht heller zu glühen, als würde ein Stromstoß durch seine rätselhafte Energiequelle zucken.

„So ist es", murmelte Mila, bevor sie die Karte wieder im Ärmel verschwinden ließ. „So ist es."

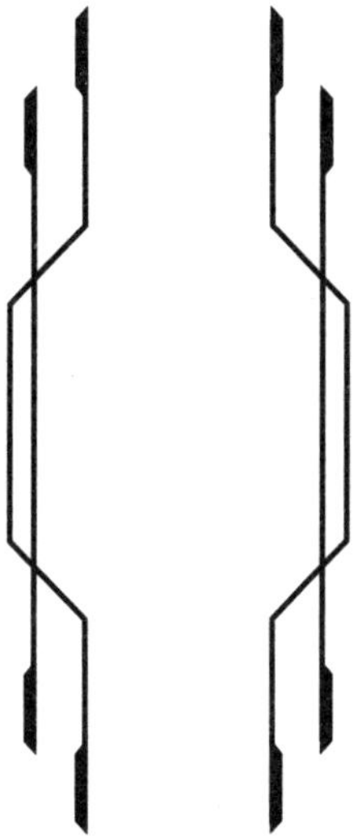

BITTERE ERNTE

Vor langer Zeit, in den Tagen, als Frieden in der Galaxis herrschte und die Jedi in der Blütezeit der Hohen Republik zu Größerem strebten, da lebte auf dem fernen Planeten Batuu ein Farmer. Dieser Farmer hieß Menir, und er hatte sein Zuhause am Rande des kleinen Dorfes Skirl errichtet, umgeben von uralten Wäldern, denn dies war eine der schönsten und fruchtbarsten Regionen auf dem Planeten.

Menir war als Siedler von den Sternen nach Skirl gekommen und die Bewohner hatten ihn mit offenen Armen willkommen geheißen. Gerüchten zufolge war er früher ein Söldner gewesen, der in den Tiefen des Wilden Raumes seinem blutigen Geschäft nachgegangen war, aber nun wünschte Menir sich ein ruhiges, friedliches Leben unter einfachen Leuten. Schon bald nach seiner Ankunft heiratete er Elise, eine der Frauen aus Skirl. Sie bestellten ihr Land, und gemeinsam wurden sie reich, nicht an Schmuck oder Geld, sondern an Liebe. Menir wusste, dass er hier auf Batuu alles gefunden hatte, was er sich nur wünschen konnte, und er schwor, seine Heimat und seine Freunde um jeden Preis zu beschützen.

Die Jahre vergingen und das große Zahnrad des Universums drehte sich beständig weiter. Alle Dinge veränderten sich, wie es in ihrer Natur lag, aber Menir blieb stur derselbe. Sein Wunsch, das Leben zu verteidigen, das er hier hatte, war wie ein großer Fels, hart und unverrückbar. Hatte er anfangs nur Liebe und Frieden gefühlt, wurde er nun von einem ausgeprägten Beschützerinstinkt beherrscht, denn er versuchte verbissen, an allem festzuhalten, was er schätzte.

Als er eines Tages vom Außenposten Black Spire zurückkehrte, wo er sein Getreide verkauft hatte, fand er seine Frau mit einem Fremden am Küchentisch vor. Der Neuankömmling war in Fetzen gekleidet. Das raue Leben auf der Straße hatte keine Gnade mit ihm gezeigt, und er hatte nichts weiter bei sich als eine kleine Ledertasche, die nun vor ihm auf dem Tisch lag. Er nippte leise an einer Schale mit heißer Brühe, und seine Augen strahlten fröhlich, als Menir eintrat.

„Guten Tag, mein Herr", sagte der Fremde mit einem einladenden Lächeln. „Mein Name ist Iren, und ich bin nur ein bescheidener Reisender, der hier in Skirl sein Saatgut verkaufen will. Eure gütige Frau hat gesehen, dass ich eine warme Mahlzeit und ein wenig Rast nötig hatte, also hat sie mich in ihr Heim eingeladen, während wir auf Eure Rückkehr warteten."

Menir gefiel es nicht, einen Fremden im Haus zu haben, und er drehte sich zu Elise herum. „Du bittest einen Fremden herein und lässt ihn an meinem Platz sitzen und aus meiner Schale essen?"

„Aber, aber, Menir!", tadelte Elise, „Iren ist nur ein armer Händler auf der Durchreise. Du hättest ihm doch sicher auch eine Mahlzeit und eine kurze Rast zugestanden."

Doch alles, was Menir in den Worten seiner Frau hörte, waren Plattitüden und Verrat. „Nein, hätte ich nicht! Wir können seine Sorte hier nicht brauchen. Er will sich doch nur in unser Leben drängen und uns um unsere hart verdienten Spira bringen." Er packte den Reisenden an den Schultern und zog ihn von seinem Stuhl hoch, anschließend zerrte er ihn quer durch die Küche und beförderte ihn mit einem Tritt durch die Tür, sodass Iren auf dem staubigen Pfad vor dem Haus landete. „Verschwindet!“, grollte Menir. „Geht und kommt ja nicht wieder!“

„Wie Ihr wollt“, sagte Iren, während er sich wieder auf die Füße hochstemmte und seine zerrissene Kleidung abklopfte. „Aber Ihr sollt wissen, dass ich ohne böse Absicht hergekommen bin. Ihr tut mir unrecht, und alles, was von nun an geschehen wird, ist Eure eigene Schuld.“ Mit diesen Worten drehte er sich um und verschwand zwischen den Bäumen.

Als Menir in die Küche zurückkehrte, fand er Elise zusammengesunken auf ihrem Stuhl vor, die Augen voller glänzender Tränen. Auf dem Tisch lag noch immer die Ledertasche, dort, wo der Reisende sie abgestellt hatte.

„Du hast einen armen Mann noch ärmer gemacht“, schimpfte Elise, „denn du hast ihn ohne sein Saatgut hinausgeworfen, und jetzt hat er nichts mehr zu verkaufen.“

Menir griff nach der Ledertasche und warf einen Blick hinein, dann brach er in Gelächter aus. Er schüttelte den Inhalt in seine Handfläche und hielt sie Elise hin: Die Tasche war so gut wie leer gewesen. Da waren nur drei kleine, kümmerliche Saatkörner. „Siehst du?“, sagte er. „Er wollte dich hereinlegen. Drei mickrige Samen, mehr hatte er nicht! Das war wohl kaum deine Zeit wert, oder?“

„Trotzdem – es war alles, was er hatte.“

„Dann werde ich es ihm zurückgeben“, brummte Menir. Er stürmte aus dem Haus und marschierte zum Rand des Waldes. Dort, wo der Reisende verschwunden war, holte er aus und warf die drei Körner in einem hohen Bogen zwischen die

Bäume, sodass sie verstreut auf dem weichen, feuchten Boden landeten. Sekunden später folgte ihnen die leere Ledertasche.

Selbstzufrieden kehrte Menir ins Haus zurück, denn er war sicher, dass dieser Vagabund sich nicht noch einmal nach Skirl wagen würde, um ungebeten seine Waren anzubieten. Er aß sich satt, wärmte seine Knochen und genoss eine friedliche Nachtruhe in seinem weichen Bett. Nicht ein einziges Mal kehrten seine Gedanken dabei zu dem armen Reisenden zurück, den er so grob hinausgeworfen hatte und der diese Nacht vermutlich allein im Wald verbringen musste.

Am nächsten Morgen erwachte Menir ausgeruht und frohen Mutes. Elise war bereits aufgestanden, und der willkommene Duft von frischem Brot stieg ihm in die Nase, während er sich ankleidete. „Was für eine schöne Überraschung an einem herrlichen Morgen“, freute er sich, als er am Tisch Platz nahm und in das warme Brot biss.

„Ich konnte nicht schlafen“, erklärte Elise. Sie blickte ihm besorgt in die Augen. „Du musst heute daheimbleiben. Geh nicht aufs Feld und die reifen Früchte musst du auch ein andermal pflücken.“

„Unsinn“, schnaubte Menir zwischen zwei Bissen Brot. „Ich muss zum Black-Spire-Außenposten zurück und noch einmal mit diesem Droiden und seinem corellianischen Herrn reden. Sie wollen eine Ladung unseres Getreides kaufen, um ihre Sklaven zu füttern.“

„Sklaven?“ Elise schüttelte den Kopf. „Das sind schlimme Geschäfte, die du da machst, Menir.“

„Aber sie bringen Geld“, entgegnete er. „Und wenn wir mehr Geld haben, musst du nicht mehr die ganze Nacht aufbleiben und dir Sorgen machen.“

„Was mich wach gehalten hat, war nicht die Sorge ums Geld", sagte Elise. „Irgendetwas stimmt hier nicht. Kannst du es denn nicht auch fühlen? Ein schreckliches Gewicht lastet auf unserem Haus. Du hättest nicht so grob zu diesem Reisenden sein sollen. Das siehst du inzwischen doch sicher auch ein, oder?"

Menir stand vom Esstisch auf und nahm seinen Rucksack von der Anrichte. „Ich werde den Flitzer nehmen. Bis Sonnenuntergang bin ich wieder zurück." Und damit verließ er das Haus. Doch als er durch den morgendlichen Nebel schritt, der sich in trüben Schwaden unter den Ästen der Bäume gesammelt hatte, musste er seiner Frau im Stillen recht geben. Auch er spürte eine dunkle, unheilvolle Präsenz in der Nähe, als würden ihn bösartige Augen aus den Schatten heraus beobachten, während er den milchigen Nebel durchquerte.

Kalter Schweiß bildete sich auf Menirs Stirn und die Haare im Nacken stellten sich vor nervöser Anspannung auf. Binnen weniger Sekunden war er völlig vom Weg abgekommen. Der Nebel war so dicht, dass man nicht einmal den kurzen Pfad erkennen konnte, der zu der Hütte führte, wo Menir seinen Landgleiter abgestellt hatte. Orientierungslos und unsicher drehte er sich im Kreis, um einen Hinweis zu finden, wo er sich befand.

Rings um den Farmer wogte der Nebel wie ein welliger See. Menir spürte eine Bewegung hinter sich und wirbelte herum, aber alles, was er sah, war die Spitze eines Astes, die aus dem trüben Dunst hervorstach, knorrig und anschuldigend wie ein ausgestreckter Finger. „Bei den Sonnen!", rief er, aber der Nebel schien selbst den Klang seiner Stimme zu dämpfen. „Wer ist da draußen?“ Er konnte das eigene Herz hören, wie es wild in seiner Brust pochte.

Was ging hier vor sich? Wo kam dieser schreckliche Nebel her? Und was waren das für Bewegungen, die er rings um sich herum hörte?

„Wer ist da?“, rief Menir erneut, doch er erhielt keine Antwort. Mit einem Fluch stolperte der Farmer weiter, die Arme ausgestreckt wie ein Blinder. Panik zog sich zu einem harten Klumpen in seiner Brust zusammen, bis der Nebel endlich lichter wurde. Zwischen den faserigen Schwaden konnte er nun die Mauer seines Hauses vor sich erkennen. Er war im Kreis gelaufen.

Der Drang, nach drinnen zu rennen und sich zu verstecken, war stark, aber Menir hielt ihm stand und tastete sich stattdessen am Rand des Hauses entlang zu der Hütte, wo der Landgleiter auf ihn wartete. Seine Nervosität legte sich, als er auf dem Fahrersitz Platz nahm und den Antrieb startete. Er fühlte sich sicher im Innern des Fahrzeugs und er kannte den Weg zur Straße. Langsam schwebte er aus dem Schuppen und dann weiter durch den Dunst, der sich wie ein Vorhang vor ihm zu teilen schien.

Zu Menirs Erleichterung blieb der trübe Schleier schon bald ganz hinter ihm zurück, und während er der Straße nach Black Spire folgte, verbannte er alle Furcht vor diesem seltsamen Nebel aus dem Kopf. Es war nichts weiter als ein seltsames Wetterphänomen, sagte er sich, eine bizarre Nebenerscheinung des Jahreszeitenwechsels. Und dieser seltsame, unförmige Schemen, den er während seiner Flucht aus dem Nebel auf der Straße gesehen hatte? Nun, das war sicherlich nur ein Baum, der ihm in diesem ungewöhnlichen Licht fremd vorkam.

Die merkwürdigen Ereignisse des Morgens rückten schnell in den Hintergrund, denn der Tag erwies sich als höchst profitabel für Menir. Preise wurden ausgehandelt, Spira wechselten von einer Hand in die andere, und als er die Heimfahrt antrat, war er ein zufriedener Mann, beeindruckt vom eigenen Verhandlungstalent an diesem berüchtigten Außenposten. Die Jahre inmitten der Sterne hatten ihn vieles gelehrt, und trotz Elises Warnung wusste er, dass sein Getreide doch zumindest dafür sorgen würde, dass die Sklaven des Händlers nicht verhungerten. Was er getan hatte, war gut gewesen. Es hatte diesen Leuten geholfen.

Die letzten Schwaden des Nebels hatten sich längst aufgelöst, als Menir daheim ankam, und er pfiff eine fröhliche Melodie, während er ins Haus stolzierte.

Elise war damit beschäftigt, einen der launenhaften alten Droiden zu reparieren, der den Pflug fuhr. Sein elektronisches Innenleben war über den Boden verteilt wie ein Haufen verknoteter Fohlwürmer. Sie wirkte erleichtert, als sie ihn sah, und ließ von der Arbeit ab, um ihn zu begrüßen. „Im Dorf reden sie von einer unheimlichen Gestalt, die heute Morgen im Nebel aufgetaucht ist", berichtete sie. „Eine seltsame dunkle Figur, die zwischen den Häusern umherschlich und in Fenster spähte, bevor sie wieder im Wald verschwand. Hast du sie auch gesehen, als du losgefahren bist?"

Menir lachte, aber es war das erzwungene Lachen eines Mannes, der seine eigene Furcht nicht eingestehen wollte. „Natürlich nicht", sagte er mit einer abtuenden Handbewegung. „Das sind doch nur Geschichten abergläubischer Einfaltspinsel, die nicht an dichten Nebel gewöhnt sind. Ihre Augen spielen ihnen einen Streich. In solchem Dunst kann man alles Mögliche sehen, aber nichts davon ist wirklich da." Er tätschelte ihre Hand. „Kümmer dich jetzt wieder um den Droiden. Ich mache solange das Abendessen. Und denk daran, es gibt nichts, weswegen du dir Sorgen machen müsstest. Skirl ist ein ruhiger, friedlicher Ort, und ich werde dafür sorgen, dass es auch so bleibt." Mit diesen Worten machte er sich daran, das Essen zuzubereiten.

Der Abend verging ohne weitere Zwischenfälle und schon bald senkte sich die Nacht über das Dorf. Als Skirl in der Dunkelheit versank, wurden Lichter gelöscht und Türen verschlossen, und die Einwohner legten sich schlafen – alle außer Menir, der sich in seinem Bett hin und her wälzte. Er konnte das Bild des knorrigen Astes, der aus dem Nebel aufgetaucht war, einfach nicht verdrängen – und auch nicht das Bild dieser seltsamen missgestalteten Silhouette, die er hinter sich auf der Straße erblickt hatte, kurz bevor er mit seinem Gleiter davongebraust war.

Schließlich döste er doch ein, aber nur, um kurze Zeit später von einem klopfenden Geräusch irgendwo im Haus wieder geweckt zu werden.

Rat-a-tat-tat! Rat-a-tat-tat!

Einen Moment lag Menir ganz still, während er versuchte, das Geräusch zu identifizieren. Es klang, als würde jemand beharrlich gegen das Küchenfenster trommeln. Benommen schälte er sich aus dem warmen Kokon seines Betts und rieb sich den Schlaf aus den Augen. Ein kurzer Blick zeigte ihm, dass Elise noch immer schlief. Gut. Er hatte nicht vor, sie aufzuwecken. Langsam tastete er sich durch das dunkle Zimmer, um wenige Momente später in die Küche hinauszutreten.

Die Zwillingsmonde von Batuu standen noch immer hoch am Himmel und badeten alles in einen silbrigen Schein. Wer mochte sie wohl um diese Uhrzeit stören?

Rat-a-tat-tat! Rat-a-tat-tat!

Da war es wieder. Verwirrt ging Menir zum Fenster hinüber. Er schaute in den kleinen Garten hinaus, hinter dem sich die dunkle Linie der Bäume erhob. Niemand war zu sehen. Was hatte dann dieses Geräusch verursacht? War es vielleicht von der Tür gekommen? Er trat zurück und drehte sich vom Fenster weg.

Rat-a-tat-tat! Rat-a-tat-tat!

Ein Schauer rann Menir über den Rücken. Das Geräusch war direkt hinter ihm erklungen. Mit rasendem Herzen drehte er sich um. Noch immer konnte er niemanden sehen – aber da war eine beschlagene Stelle, wo warmer Atem an der kalten Fensterscheibe kondensiert war. Menir starrte die Stelle verwirrt an, während der Fleck kleiner wurde und sich auflöste, als wäre er nie wirklich da gewesen. Aber er *war* da gewesen! Daran gab es keinen Zweifel. Menir eilte zurück ans Fenster und suchte einmal mehr den Garten ab.

Hatte er es sich doch nur eingebildet? Träumte er womöglich noch?

Menir wurde bewusst, dass er die Luft angehalten hatte, und er ließ sie langsam und gleichmäßig entweichen. Ganz sicher gab es eine völlig logische Erklärung. Eine loses Rohr, das im Wind klapperte. Ja, das musste es sein. Er würde sich die Sache am Morgen ansehen. Ein paar Handgriffe und alles wäre wieder in Ordnung. Aber nun wollte er erst einmal zurück in sein warmes Bett und diese ganze Sache vergessen.

Rat-a-tat-tat! Rat-a-tat-tat!

Menir taumelte erschrocken vom Fenster zurück und sog die Luft ein. Er hatte es gesehen! Ein Ast, genau wie der, der ihm im Nebel aufgefallen war, streckte sich dem Fenster entgegen und tippte gegen das Glas – wie ein Arm mit einem langen, knorrigen Finger.

Kalter Schweiß perlte auf Menirs Stirn. Keiner der Bäume stand dem Haus so nahe, dass seine Äste bis ans Fenster heranreichten. Er nahm seinen Mut zusammen, ging zur Tür und riss sie auf, dann stürmte er nach draußen in die dunkle, kalte Nacht. Halb erwartete er, dass ihn irgendetwas anfiel, während er um sein Zuhause herumging, und er wünschte, er hätte den Blaster unter seinem Bett mitgenommen. „Ich weiß, dass du da bist!", rief er mit zitternder Stimme. „Was willst du von uns?"

Doch der Farmer konnte nichts entdecken. Der Garten war leer. Die Nacht war so still, dass man nicht mal das Rascheln der Bäume hören konnte. Was immer das Ding auch gewesen sein mochte, es war fort.

Da Menir nicht wusste, was er sonst tun sollte, ging er ins Haus zurück, wo er die Tür hinter sich verriegelte und dann wieder ins Schlafzimmer schlich. Elise schlief immer noch, also legte er sich neben sie und zog die Decke bis unter sein Kinn hoch. Doch er sollte in dieser Nacht kein Auge mehr zubekommen.

Am nächsten Morgen wurde Menir von einem Klopfen aus dem Schlaf gerissen, doch diesmal stammte das Geräusch von seiner Nachbarin, Nanuth, die lautstark gegen die Holztür hämmerte. Verschlafen ging er in die Küche, um ihr aufzumachen.

„Hast du gesehen, was mit den Feldern passiert ist?", fragte die Frau, bevor sie auch nur über die Schwelle getreten war.

Ein Blick in seine verquollenen Augen schien ihr zu verraten, dass er heute Morgen noch gar nichts gesehen hatte. „Das Getreide ist abgestorben!"

Menir zog die Brauen zusammen. „Dein Getreide ist abgestorben?"

„Nein, Menir. *Sämtliches* Getreide. Deins, meins, Beniths … Alle Felder um das Dorf herum."

„Aber ich habe doch erst gestern …"

„Gestern war alles in Ordnung. Heute nicht. Alles ist schwarz und verwelkt und es beginnt bereits zu faulen. Es ist, als wäre jemand in der Nacht gekommen, der die gesamte Ernte vernichtet hat." Sie blickte ihn händeringend an. „Ich weiß nicht, was wir tun sollen."

„Zeig es mir", sagte Menir. Er musste an die Ladung Getreide denken, die er dem Corellianer versprochen hatte. Falls Nanuth recht hatte, konnte ihn das ruinieren. „Sofort!"

Nanuth und Menir verließen das Haus und gingen zu den Feldern. Und tatsächlich: Vor ihnen breitete sich eine trostlose Szene aus.

Soweit Menirs Augen reichten, hatten sich die einst ordentlichen Reihen aus Getreide in ein Meer aus geschwärzten Stielen verwandelt, an denen bereits der Schimmel wucherte. Der Gestank drohte, ihm den Magen umzudrehen. „Wie kann das sein?", hauchte er. „Das ist nicht natürlich."

„Und das ist noch nicht mal das Schlimmste", sagte Nanuth in bitterem Tonfall. „Angeblich ist der kleine Cleeve verschwunden. Der Junge ging gestern Abend ins Bett und seitdem hat ihn niemand mehr gesehen. Sie glauben, jemand könnte ihn in der Nacht entführt haben."

Menir schluckte, aber sein Hals war trocken. Das Einzige,

woran er denken konnte, waren die Worte des Reisenden, Iren, als er vom staubigen Boden aufgestanden war.

„Alles, was von nun an geschehen wird, ist Eure eigene Schuld."

Hatte er das gesamte Dorf mit einem Fluch belegt? War das hier alles Irens Werk?

Schon bald stand fest, dass das Getreide nicht mehr zu retten war. Da sie sonst nichts tun konnten, schlossen sich Menir und Elise also den anderen Dorfbewohnern an, die die Umgebung nach Spuren des verschwundenen Jungen absuchten. Doch diese Suche erwies sich als ergebnislos, und nachdem sich einmal mehr die Abenddämmerung über Skirl gesenkt hatte, mussten sie ihre Bemühungen aufgeben und nach Hause zurückkehren.

Die ganze Zeit über war Menirs Zorn beständig gewachsen wie ein brennender Knoten in seinem Bauch. Er war sicher, dass Iren die Schuld an dem Unglück trug, welches sein Dorf befallen hatte. Wäre der verfluchte Reisende bloß nie hergekommen, um aufrechten Farmern seine Saatkörner aufzuschwatzen! Diese Sache bewies doch nur, dass Menir recht gehabt hatte! Wenn sie Fremde in ihrer Mitte willkommen hießen, vergifteten sie ihren Lebensstil, so, wie nun ihr Getreide vergiftet worden war.

Dieser Gedanke hielt Menir in jener Nacht wach, während er sich im Bett hin und her rollte. Schließlich erkannte er, dass er ohnehin nicht schlafen würde, und er schleppte sich in die Küche, um sich ein Glas blaue Milch einzuschenken. Er stand vor dem Fenster, während er trank, und suchte Trost im Anblick der unerschütterlichen Bäume. Doch dann sah er eine flüchtige Bewegung zwischen den Ästen – irgendetwas war im Mondlicht vorbeigehuscht.

War es vielleicht der Junge, Cleeve? Hatte er sich nur irgendwo versteckt und beobachtete nun kichernd die Dorfbewohner? Oder konnte es Iren sein, der zurückgekehrt war, um zu sehen, ob sein Fluch Früchte getragen hatte?

Die Vorstellung ließ den Zorn in Menirs Bauch auflodern. Wie konnte der Fremde es wagen wiederzukommen? Wie konnte er es wagen, sich wieder in Skirl blicken zu lassen, nach allem, was er angerichtet hatte?

Das konnte Menir nicht auf sich sitzen lassen! Ganz gleich, wie spät es auch sein mochte, er würde hinausgehen und den Kerl zur Rede stellen. Er donnerte sein Glas auf die Anrichte, holte eine Lampe und stürmte aus dem Haus. Ohne jedes Zögern marschierte er durch den Garten auf den Wald zu, wobei der gelbe Lichtstrahl eine Schneise in die Dunkelheit brannte. „Ich kann dich sehen!“, rief er. Sein Zorn hatte jegliche Angst verdrängt. „Ich kann dich sehen!“

Doch der Farmer erhielt keine Antwort aus der Dunkelheit zwischen den Bäumen.

Mit einem Fluch auf den Lippen bahnte Menir sich einen Weg durch das Unterholz, auch wenn die Zweige und Äste an seiner Kleidung zerrten und ihm die Haut aufkratzten. Tiefer und tiefer drang er in den Wald vor, denn er spürte Bewegung dicht vor sich, und er würde nicht umkehren, bis er den Reisenden erwischt hätte. Er würde Iren seiner gerechten Strafe zuführen und dann würden die anderen Dorfbewohner ihn als Helden feiern. Wichtiger aber noch war, dass er sein Versprechen halten würde – das Versprechen, sie alle zu beschützen und dafür zu sorgen, dass sich das Leben in Skirl niemals änderte.

Vor ihm teilten sich die Bäume bei einer kleinen Lichtung, wo das weiche Licht der Zwillingsmonde den moosbewachsenen Boden erhellte. Hier hielt Menir schließlich inne, denn was er vor sich sah, erfüllte ihn mit schierem Grauen.

Etwas war im Wald gewachsen. *Dinge*. Große, monströse Gestalten, die aus der Erde emporgeschossen waren, ihre Körper ganz aus verkrümmten Wurzeln und knorrigen Ästen bestehend. Ihre Gesichter waren bleich und hart, mit mörderischen Mäulern, die sich deutlich vor dem silbrigen Mondlicht abhoben. Ihr Haar war eine Mähne aus Laub und Ranken, und ihre Gliedmaßen, die aussahen wie hölzerne Keile, streckten sich Menir durch die Nachtluft entgegen, als er die Lichtung betrat. Ihre bloße Gegenwart erfüllte ihn mit Schrecken. Instinktiv wusste er, dass diese Monster aus Dunkelheit, Hass und Schmerz geboren waren.

Ein paar der Gestalten waren mannsgroß, andere klein wie ein Kind, aber alle hatten sich wie bizarre, lebendige Bäume aus dem Boden erhoben. Insgesamt zählte er sechs, sieben, nein, acht, alle fest im Boden verwurzelt, die ihn anstarrten und sich nach ihm ausstreckten. Die Bäume ringsum schienen vor ihnen zurückgewichen zu sein. Ihre Äste krümmten sich geschwärzt und abgestorben von den Kreaturen fort, als hätte die bloße Nähe dieser Monster sie vergiftet.

Menir wimmerte. Vor einem dieser schrecklichen Dinger lag der reglose Cleeve, völlig in sich zusammengerollt. Er wirkte dünn, blass und ausgezehrt, als hätten die Monster sich von seiner Lebensenergie genährt.

Doch das war noch nicht das Schlimmste, denn Menir entdeckte, dass drei Kreaturen verschwunden waren. Dort, wo sie sich aus dem Boden emporgegraben hatten, waren nur noch aufgewühlte Erde und abgerissene Wurzeln zu sehen. Und neben einer dieser Stellen lag die Ledertasche, in der sich einst die Saatkörner des Reisenden befunden hatten.

Das war also aus diesen Samen geworden. Nachdem Menir sie fortgeschleudert hatte, hatten sie Wurzeln geschlagen und waren zu diesen monströsen Dingern herangewachsen, die für all die unheilvollen Ereignisse in Skirl verantwortlich waren.

„Alles, was von nun an geschehen wird, ist Eure eigene Schuld."

Der Farmer musste an das Klopfen an seinem Fenster denken, an die beschlagene Stelle, wo warmer Atem das kalte Glas berührt hatte – und er schrie. Menir wirbelte herum und stürmte los, durch das Unterholz und die Dunkelheit, während der Strahl seiner Lampe wild vor ihm tanzte. Der Wald ringsum wirkte plötzlich lebendig, mit ausgestreckten Ästen, die nach seinen rudernden Armen und seinen stampfenden Beinen griffen. Er brach zwischen den Bäumen hervor, stolperte in seinen Garten …

… und sah, dass es zu spät war, um die anderen zu warnen. Skirl lag in Trümmern. Wo sich einst die hübschen Häuser seiner Nachbarn erhoben hatten, sah er nur noch Ruinen, überwuchert von schwarzen, fauligen Ranken. Und auch sein eigenes Zuhause, direkt vor ihm, hatte sich in ein windschiefes, zerbrochenes Gerippe verwandelt, umschlungen von krummen Zweigen, die es wie eine grausige Faust im Würgegriff hielten.

„Elise!", schrie Menir, während er auf die Knie zusammenbrach. Tränen strömten aus seinen Augen. „Elise!" Da hörte er Schritte hinter sich und er drehte sich um.

Dicht hinter dem Farmer stand Iren, der Reisende, und er

beobachtete Menir mit einem traurigen Lächeln. „Ihr hättet reiche Ernte haben können, hättet Ihr nur ein wenig Güte gezeigt“, sagte er. „Aber stattdessen habt Ihr Euch von Hass und Furcht leiten lassen. Das ist der Lauf der Dinge: Wenn man einen Samen mit Bösartigkeit wässert, wird er bittere Frucht tragen. So war es auch mit meinen Saatkörnern. Diese Drengir sind für einen Farmer wie Euch die wohlverdiente Ernte.“ Mit diesen Worten wandte Iren sich ab, um wieder in den dunklen Wald zu schlendern.

Nach einem Augenblick stand Menir auf und ging langsam auf sein Haus zu. Er hörte ein Klopfen am Küchenfenster, und er wusste, dass es Zeit war, sich seinem Besucher zu stellen.

Rat-a-tat-tat! Rat-a-tat-tat!

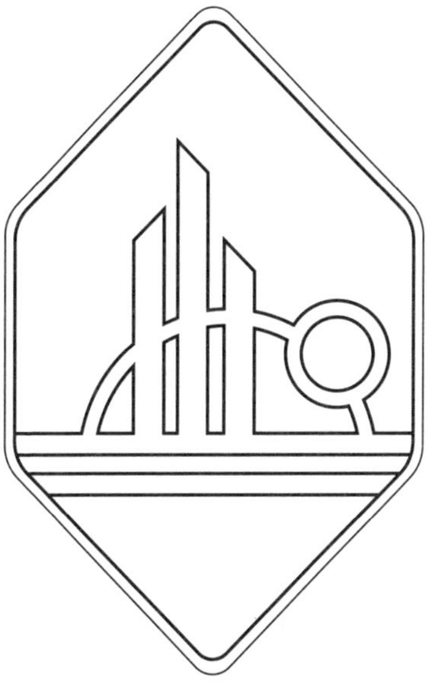

ÜBER DEN AUTOR

George Mann ist Autor von *Sunday-Times*-Bestsellerromanen ebenso wie Comics. Er liebt *Star Wars*, seit er das Laufen lernte – er wünschte nur, er hätte noch das Actionfiguren-Set des Ewok-Dorfs, mit dem er als Kind so gern gespielt hat.

In der Vergangenheit arbeitete er bereits für *Star Wars: Myths & Fables* mit Grant Griffin zusammen, außerdem ist er Autor der im viktorianischen England angesiedelten Mystery-Reihe *Newbury & Hobbes* sowie von vier Romanen über einen als Ghost bekannten Superhelden in den 1920ern. Darüber hinaus hat er erfolgreiche *Doctor-Who*-Romane, neue Abenteuer für Sherlock Holmes und die übernatürliche Mystery-Reihe *Wychwood* geschrieben.

Im Bereich der Comics hat er für *Doctor Who, Dark Souls, Warhammer 40 000* und *Newbury & Hobbes* Geschichten verfasst, ebenso wie für die Serien *Teenage Mutant Ninja Turtles* und *Star Wars* Abenteuer, die sich an jüngere Leser richten.

Daneben schrieb er die Skripte für Hörspiele zu *Doctor Who, Blake's 7, Sherlock Holmes, Warhammer 40 000* und mehr.

Als Herausgeber hat er vier Anthologien mit neuen Sherlock-Holmes-Kurzgeschichten zusammengestellt, außerdem mehrere Bände von *The Solaris Book of New Science Fiction* und *The Solaris Book of New Fantasy*.

Bei Twitter findet man ihn unter @George_Mann.

ÜBER DEN ILLUSTRATOR

Grant Griffin ist selbstständiger Illustrator, der in Nicaragua lebt. Seit 2013 hat er sich im Bereich von Fantasy und Science-Fiction einen Namen gemacht und seine Arbeiten umfassen sowohl Spiele als auch Bücher. Seine erste Zusammenarbeit mit Disney Lucasfilm Press waren die Illustrationen für *Star Wars: Myths & Fables*, daneben kann man seine Arbeiten in Werken diverser Verlage finden, von Becker&Mayer über Black Library bis hin zu Green Ronin Publishing und Centipede Press.

STAR WARS
COMICS
Das Star Wars Comicmagazin – monatlich neu am Kiosk und im Comicfachhandel! Die neuesten Highlight-Stories aus der Star Wars-Comicschmiede MARVEL-Comics!
Verschiedene Sammelband-Reihen im edlen Softcover oder limitierten Hardcover- erhältlich im Buch- und Comicfachhandel!
Alle Bände auch als E-Comic erhältlich
Weitere Infos zu Star Wars-Comics unter www.paninicomics.de
PANINI COMICS
Die ganze Welt der Comics
© & TM 2019 LUCASFILM LTD